文春文庫

幕府軍艦「回天」始末

吉村　昭

文藝春秋

目次

幕府軍艦「回天」始末

幕府軍艦「回天」始末

慶応四年（一八六八）四月十一日、江戸城は、鳥羽、伏見の戦いでやぶれた幕府軍を追って進んできた新政府軍に明け渡され、将軍慶喜《よしのぶ》は水戸に退いて謹慎した。上野の山に立てこもった旧幕臣や諸藩脱走の士によって編成された彰義隊も敗走し、関東地方は新政府軍の支配下におかれた。

奥羽《おうう》地方の諸藩は、新しい政治態勢には理解をしめしながらも、幕府を徹底的に武力で抹殺しようとする薩摩、長州両藩を中心とした新政府軍に対して、強い反感をいだいていた。

新政府軍は、幕府に忠誠をちかう会津、庄内両藩を賊として、奥羽諸藩に討伐させることをくわだて、奥羽鎮撫《ちんぶ》総督九条道孝を兵とともに船で仙台に送った。

会津藩は、仙台藩を通じて降伏し陳謝することを嘆願し、仙台藩は米沢藩とともにそれをうけいれるよう総督府に陳情した。が、参謀の世良《せら》修蔵の強硬な反対によって、総督府はこれを拒絶した。

その翌日、世良から同じ参謀の大山格之助（のち綱良）にあてた密書が奥羽側の手に渡り、そこには「奥州皆敵ト見テ」討伐すべしと書かれていたので、諸藩の憤《いきどお》りは激しく、五月三日、奥羽、越後の二十五藩の代表が、仙台藩の白石《しろいし》で会合し、奥羽越列藩同盟を結成して新政府軍に抗戦することを決定した。

これによって、新政府軍は、奥羽越列藩同盟の諸藩に征討の兵を進めざるを得なくなり、東征大総督有栖川宮熾仁《ありすがわのみやたるひと》親王に会津征伐大総督を兼ねさせ、会津に進撃すると同時に越後方面へも出兵させた。

奥州一帯に大戦乱が起ったのである。

一

その年慶応四年（明治元年）の六月三日、南部（盛岡）藩領の陸中国閉伊《へい》郡の宮古湾（岩手県宮古市）の湾口から、一隻の蒸気船が湾内に入ってくるのを見張りの者が眼にした。

宮古村には、南部藩の出先機関である代官所が山手（地名）におかれていたが、その年の五月、奥羽越列藩同盟にくわわった藩は、宮古代官所に戦時態勢をとるよう緊急指令を発した。宮古浦、鍬《くわ》ヶ崎《さき》浦という仙台以北での太平洋沿岸屈指の良港をもつ宮古湾に、新政府軍艦、旧幕府軍艦または異国船が入湾してきた場合にそなえるためであった。

この指令にもとづき、緊急の場合にそなえて湾に面した海岸に代官が常駐することになり、宮古村に隣接する鍬ヶ崎村北端の角力浜《すもうはま》にある給人《きゅうにん》の高橋玲助宅を借りて、宮古代官所角力浜役所を設置し、代官楢山《ならやま》蔵之進以下が詰めた。

さらに、異変が発生した折には、御水主《かこ》小頭《こがしら》以下二十六人が、半数ずつ山手の代官所と角力浜役所に勤番し、また、十五歳以上の御水主の倅《せがれ》たちが海岸防備にあたることになった。

湾内に不審な大船が入ってきた場合には、海辺の角力浜にもうけられた鐘楼《しょうろう》で半鐘が打たれ、これをうけて大筒がすえられている対岸の宮古浦鏡岩台場でも半鐘が鳴らされて、山手の代官所につたえる。

半鐘の音で、御水主小頭以下防備の者たちが、所定の身仕度をととのえて武器を手に要所要所に駈《か》けつける手筈《てはず》になっていた。

蒸気船入湾の半鐘を耳にした代官の楢山は、急いで武具に身をかためて役所を出ると、御水主小頭らとともに角力浜に出て海上を見つめた。

半鐘の音に宮古、鍬ヶ崎両村では、早くも避難騒ぎがおこり、山の方向にあわただしくのがれる人々の姿がみられた。

靄《もや》の流れる海上に三本マストの蒸気船が現われ、短い煙突から黒煙を吐きながら徐々に近づいてくる。舷側には砲が突き出ているのが見え、それが新政府軍の軍艦か、それとも旧幕府軍の軍艦か、楢山たちの顔には不安の色が濃かった。

艦が角力浜近くをすぎ、鍬ヶ崎村に面した港に入って停止し、海面に錨《いかり》の投げられる水しぶきがあがった。

やがて、艦からボートがおろされ、海岸にむかってゆく。

楢山代官は、その海岸の方に御水主小頭らを急がせ、自らは物書役の盛合四郎五郎らと角力浜役所に引返した。

しばらくして、銃を持った兵をしたがえた二人の男が、御水主小頭らに案内されて役所に入ってきた。男たちは洋服を着、日本刀を腰にしていた。

楢山に向い合って立った男が、入港した船は新政府軍の軍艦「孟春」であると告げ、自らを船司令中牟田《なかむた》倉之助だと名乗り、かたわらに立つ男を添付長の長松文六だ、と紹介した。

「孟春」は、イギリスで建造された砲二門をもつ三五七トンの軍艦で、前年に佐賀藩が八万八千五百両で購入し、戊辰《ぼしん》戦役が起ると同時に新政府に献納されていた。

中牟田は佐賀藩士で、長崎伝習所で修業後、藩にもどって海軍学寮教官となり、藩が新政府の側について戊辰戦役に参戦したので、新政府軍の海軍先鋒隊として「孟春」の艦長に任じられたのである。

中牟田が上陸したのは、奥羽列藩の新政府軍に対する抗戦決定で、その日、仙台から盛岡に兵千五百とともに移動した奥羽鎮撫総督九条道孝一行と連絡をとるためであった。

九条は、盛岡で南部藩に天下の大勢を説き、奥羽越列藩同盟から脱退して新政府側につくよう説得することを目的にしていた。

中牟田は楢山代官に、閉伊街道を盛岡まで行きたいのだが、道案内してくれる者を斡《あっ》旋《せん》して欲しい、と要請した。

しかし、楢山は、

「藩命により街道の通行は禁止されている」

と言って、拒絶した。

中牟田は、これに屈せず、九条総督が南部藩の説得にあたっていることを説明し、総督と連絡をとることは南部藩のためにもなる、とじゅんじゅんと説いた。

その結果、楢山も承諾し、閉伊街道をしばしば往き来している給人の大井作重郎の子である要右衛門を案内人に指名した。

中牟田一行は、要右衛門の案内で出発、険しい山道をたどって盛岡についた。そこで、九条総督に連絡事項をつたえ、十二日に宮古村に帰りついた。

中牟田は、楢山に感謝の言葉を述べて乗艦し、「孟春」は去った。

その後、宮古代官所には、盛岡から情勢の推移が刻々とつたえられた。

九条総督の説得は執拗《しつよう》につづけられたが、南部藩では、奥羽越列藩との盟約もあることから軍資金一万両を九条に呈出しただけでそれに応じなかった。

そのため、九条一行は盛岡をはなれ、秋田藩に移動した。

秋田藩では藩論がわかれて激しい議論がかわされたが、九条の熱心な申入れをのんで新政府側につくことを確約し、九条は、さらに津軽藩をも説得して、新政府側に引きこむことに成功した。

これによって、秋田、津軽両藩は、奥羽越列藩同盟の誓約をやぶったことになった。

南部藩では、あくまでも盟約をまもることに意見が一致して、違約した秋田藩に対して兵を起し、八月九日には国境を越えて秋田藩領内に進攻した。

戦況は南部藩に有利に展開し、二十二日には大館城を攻略した。

しかし、奥羽全域にわたってくりひろげられていた戦闘は、兵力にまさる新政府軍が諸藩を圧倒し、奥羽の大藩米沢藩と仙台藩が相ついで降伏して、新政府軍の攻撃は会津藩に集中した。

会津藩兵は、猛烈な抵抗をつづけながらも後退し、会津若松城に立てこもった。凄絶《せいぜつ》な一進一退の攻防戦が一カ月におよんで繰返され、会津藩兵は遂に力つき、九月二十二日に若松城は落城した。

秋田藩を攻撃した南部藩兵も、ぞくぞくと増強される新政府軍に進撃をはばまれ、さらに退路も断たれて苦境におちいった。それでも藩兵は善戦し、九月二十日には土深井《どぶかい》

（秋田県鹿角《かづの》市十和田末広）で新政府軍と対峙《たいじ》した。

この日、盛岡から急使が到着し、奥羽越列藩が総督府の軍門にくだったことをつたえたので、新政府軍に使者を送って降伏した。

また、頑強に抵抗していた庄内藩も、九月二十七日に新政府軍の軍門にくだって、ようやく奥羽一帯の戦乱はやんだ。

十月十日、新政府軍は盛岡に進駐して城を接収した。そして、宮古代官所をはじめ領内の津々浦々に「入港、上陸厳重取締り令」を発し、「旧幕脱艦……当領内へ来港、謝罪等不㆓申出㆒乱暴狼藉《ろうぜき》致候節は、……死力を尽し防禦」せよという命令をつたえた。

旧幕脱艦とは、八月十九日、江戸湾を脱出した旧幕府軍海軍副総裁榎本武揚《たけあき》（釜次郎）のひきいる艦隊であった。

江戸の下谷《したや》御徒町《おかちまち》で幕臣の子としてうまれた榎本は、少年時代、昌平黌《しょうへいこう》にまなび、ついで、漂民としてアメリカにおもむき帰国した中浜（ジョン）万次郎の塾に入った。

安政元年（一八五四）、箱館奉行堀利凞《としひろ》の小姓として箱館に在勤した折、樺太《からふと》探索隊にくわわるなどして蝦夷地《えぞち》に強い関心をいだいた。

安政三年、長崎伝習所に派遣されたかれは、海軍操練、航海術等を修得し、二年後に江戸へ帰って軍艦操練所教授方出役に任ぜられた。

文久二年（一八六二）、幕府が発注した軍艦建造監督をかねてオランダに留学を命ぜられ、オランダに到着後、軍艦の建造を監督するかたわら兵制、器械学、化学等のほかに国際法規の知識も得た。

慶応三年二月、完成した軍艦「開陽」に乗って帰国したかれは、「開陽」の艦長となり、軍艦役、軍艦頭並にも任命された。

「開陽」は、幕府海軍最大の帆走併用の蒸気艦で、二、七一八トン、速力一二ノット、砲二六門を備えていて、横浜到着後、さらに九門を新たに装備した。購入代金は四十万ドルであった。

戊辰戦役が勃発したこの年の正月、榎本は幕府の海軍副総裁となり、新政府軍が東へ進撃するにおよんで強硬な主戦論をとなえた。

四月に江戸を占領した新政府軍は、四月十一日を期して江戸城、軍艦、兵器等を接収することになった。

榎本は、旧幕臣として幕府の諸艦船すべてを新政府軍側に渡すに忍びず、天候不良であるので引渡しを一日延期して欲しいと申出て、翌日、軍艦七隻をひきいて品川沖をはなれ、房総の館山湾に入った。

かれは、新政府軍艦「孟春」に対して嘆願書を送り、館山湾への回航理由は、旧幕府軍艦を新政府軍に引渡すことに乗組員が激しく反対しているので、かれらをなだめるためである、と書き送った。

乗組員が反対しているのは事実であったが、かれはそれを口実にして艦船を新政府に引渡すのをこばんだのである。

旧幕府軍艦奉行勝安房守《あわのかみ》（海舟）は、事態が悪化するのをうれえて榎本を必死になってさとし、それをいれた榎本は、四月十七日、諸艦をひきいて品川沖にもどった。

それでも引渡しに応ずる気のない榎本は、薩摩、長州両藩を中心とした新政府軍に強く反撥している旧幕臣らとひそかに通じ合い、五月中旬、上野の戦いにやぶれた彰義隊の残兵その他の同志を集め、新政府軍に対抗することを決意した。

海軍力では旧幕府軍にはるかに劣る新政府軍は、榎本のひきいる艦隊の動きを圧伏させる力はなく、傍観せざるを得なかった。

榎本は、新政府軍との間で取りきめられた艦船引渡し契約に対して、艦隊の中から戦闘力の劣る「観光」「富士山」「朝陽」の三軍艦と運送船「翔鶴《しょうかく》」「飛龍」を新政府軍に引渡すにとどめ、また、それに軍艦「甲鉄」もくわえる、と回答した。

「甲鉄」は、文久年間、幕府が四十万ドルのうち三十万ドル先払いの条件でアメリカ政府に発注した軍艦であった。が、南北戦争の影響でゆれ動くアメリカ国内では建造することができず、アメリカ政府は、フランスのボルドーで建造された「ストーンウォール・ジャクソン号」を幕府に引渡すことにし、同艦は四月二日に横浜に到着していた。

「甲鉄」は、一、三五八トンの最新鋭の装鉄蒸気艦で、三〇〇ポンド砲一門、七〇ポンド砲二門、二四ポンド砲六門、それに一分間で百八十発を連射するガットリング機関砲を装備した強力な艦であった。

しかし、戊辰戦役の推移を見守っていたアメリカ政府は、局外中立をとなえて幕府側にその引渡しを拒んでいたので、榎本は、実際に行動できぬ同艦を新政府に引渡す艦船の中にくわえたのである。

榎本は、「徳川家臣大挙告文」という長文の檄文《げきぶん》を勝安房守を通じて新政府側に提出した。

その趣旨は、左のようなものであった。

王政復古は一、二の雄藩（薩摩、長州両藩）の私意によるもので、われらが主君徳川慶喜に朝敵の汚名を浴びせ、それだけにとどまらず江戸城と領地を没収した。徳川家はわずか七十万石の地に封じられることになり、これでは八百万石によって養われてきた幕臣が路頭に迷うことになる。これら家臣救済のため蝦夷地（北海道）を幕府に賜《たまわ》りたいと願い出たが許可はなく、直接、朝廷に訴え出ようとしても通じない。それ故、われらは蝦夷地におもむいて、その地の開墾と、南進をくわだてるロシアに対する防備にしたがう覚悟である。

この檄文を提出した榎本は、八月二十日午前四時、「開陽」「回天」「蟠龍《ばんりゅう》」「千代田形」の四艦と「咸臨丸《かんりん》」「長鯨丸」「神速丸」「美嘉保丸《みかほ》」の輸送船をひきいて品川沖を脱出して江戸湾口にむかった。

乗組人数二千余人、艦隊統帥《とうすい》は榎本、司令官は荒井郁之助で、旗艦「開陽」の艦長は沢太郎左衛門、「回天」艦長甲賀源吾、「蟠龍」艦長松岡磐吉《ばんきち》、「千代田形」艦長森本弘策であった。

荒井は、長崎海軍伝習所で航海術を修得した後、海軍操練所頭取、「順動」艦長、講武所取締役をへて前年に歩兵頭となった。

沢も海軍伝習所出身者で海軍の要職を歴任後、榎本らとともにオランダに留学して砲術、火薬学等をまなび、帰国後、「開陽」の艦長になった榎本のもとで副長として戊辰戦役を迎えた。甲賀、松岡、森本も、幕府海軍を充実するのに主要な役割をつとめた幕臣たちで、これ以外に陸軍奉行並松平太郎、嘉永六年（一八五三）ペリー来航の折に浦賀副奉行を名乗って折衝にあたった中島三郎助らもくわわっていた。

さらに、「長鯨丸」には、フランスの砲兵大尉ブリュネと伍長カズヌーブも乗っていた。

二人は、前年に幕府が招いたフランス軍事顧問団の団員であった。団長はシャノワンヌ大尉、副団長はブリュネで、シャノワンヌには五百ドル、ブリュネには三百五十ドルという破格の月給があたえられて幕兵に軍事教練をしていた。

江戸を占拠した新政府軍は、これら顧問団をやとう意志のないことをかれらに告げ、フランス公使も陸軍大臣名によって帰国を命じた。

ところが、新政府軍に反撥する奥羽諸藩からかれらをやとい入れたいという話があって、ブリュネもそれに応じたいと考え、直属の部下であるカズヌーブ伍長を誘った。

しかし、それは陸軍大臣の帰国命令に違反することなので、二人は、横浜のイタリア公使館でもよおされたパーティに出席し、人目をぬすんで品川にくると、小舟をやとって輸送船「長鯨丸」に乗りこみ、榎本の許可も得たのである。

「開陽」には、十八万両という多額の軍資金が格納されていた。それは、将軍慶喜が鳥羽、伏見の戦いにやぶれて江戸に向けて脱出した時、大坂城に所蔵されていた金貨約十八万両を榎本が運び出し、艦にのせて江戸に持ち帰ったものであった。

江戸湾ぞいの海岸の各所にもうけられた見張所からは、逆風のため蒸気艦「開陽」が帆船「美嘉保丸」を、「回天」が「咸臨丸」を曳航《えいこう》して湾外に出て、北にむかったという注進があった。

榎本のひきいる艦隊が蝦夷にむかったことは、檄文からもあきらかなので、新政府軍は、その方面の津々浦々に厳重警戒を指令するとともに、多くの密偵を放った。

新政府軍は、艦隊がまず奥州の仙台に行くと推定したが、途中、房総の銚子と武州川越藩の飛び地である平潟（茨城県北茨城市）に寄港するかも知れないと考え、その方面からの通報を待った。しかし、それらの地からは艦隊の寄港はもとより目撃したという報告もなかった。

艦隊が江戸湾を脱出した翌二十一日昼すぎから天候が急変して雨が降りはじめ、夜になって海上一帯は暴風雨となり、さらに翌日には一層激しさを増して、艦隊がそれにまきこまれたと推定された。

新政府軍は、艦隊の行方を極力さぐっていたが、やがて、犬吠埼の北方数町の距離にある黒生《くろはい》からの通報で、艦隊が推測どおり暴風雨に遭遇してかなりの損害をこうむったことを知った。

二十六日夜、輸送船「美嘉保丸」（約七〇〇トン）が黒生の海岸から二十町（二・二キロ弱）ほどへだたった岩礁に吹きつけられて大破し、乗員は辛《かろ》うじて陸にのがれたという。

その船には多量の軍需品がのせられていたが、やがて、船は浸水のため沈みはじめ海中に没した。

乗っていた旧幕臣陸兵は六百十四人で、海軍士官の山田清五郎らが、その地を守る高崎藩の陣屋におもむき、自分たちに対して、すぐには武力行使に出ぬよう求めた。陣屋の兵はわずかであったので、陣屋側も諒承し、かれらの動きを見守った。

山田ら幹部の者たちは協議し、船がうしなわれたので解散して、それぞれ自由意志で行動することを決定した。そのため遊撃隊の多賀上総介《かずさのすけ》、斎藤辰吉らは、あくまでも榎本艦隊にくわわろうとして艦隊のおもむく箱館にむかって徒歩で出発した。その他の者は戦意をうしなって近くの土浦藩に降伏したり、人目を避けてひそかに東京へ引返したりして散った。

「美嘉保丸」の坐礁沈没と乗員の解散は、ただちに高崎藩から東京の新政府軍につたえられた。

また、土浦藩に降伏した乗員の陳述から、「美嘉保丸」の遭難の経過もあきらかになった。

「美嘉保丸」は「開陽」に曳航されて進んでいたが、荒天になって怒濤に翻弄《ほんろう》されるようになり、帆柱が一本折れた。さらに「開陽」との間に張られていた太い曳綱《ひきづな》も切断され、風にまかせて漂流しているうちに、岩礁に吹き寄せられて大音響とともに坐礁した。各艦船は、洋上で散りぢりになった、とも陳述した。

新政府軍は、この報告によって榎本艦隊が荒天のため大損害をこうむったことを知り、その他の艦船の消息をさぐっていたが、思いがけず蝦夷方向とは逆の伊豆半島突端の下田港から、荒天で故障した蒸気艦「蟠龍」と輸送船「咸臨丸」が漂着したという通報を得た。

両船は下田港に入りはしたが、すぐに出港し、九月二日には駿河国の清水港に姿を現わした。「蟠龍」の故障は軽微で応急修理をして出港したが、大破した「咸臨丸」は航行不能のまま港にとどまっているという。

この報をうけた新政府軍は、「咸臨丸」をとらえるため大砲十二門を装備する軍艦「富士山」（一、〇〇〇トン）を輸送船「飛龍丸」「武蔵丸」とともに清水港に急派した。

清水港に入った「富士山」の艦長柴誠一は「咸臨丸」を捕獲しようとしたが、「咸臨丸」の船内に残っていた者たちは激しく抵抗し、副長春山弁蔵以下十余名が官兵と闘って死亡した。「富士山」の乗員たちは、これらの遺体を放置したが、清水港の俠客《きようかく》山本長五郎（清水の次郎長）がすすんで遺体を丁重に埋葬した。

その間、仙台方面に放たれていた密偵から、榎本艦隊についての情報がぞくぞくと新政府軍につたえられていた。

まず、八月二十四日には蒸気船「長鯨丸」（九九六トン）が仙台の松島湾に入って碇泊《ていはく》した。ついで、旗艦「開陽」が二十六日に、蒸気艦「千代田形」（一三八トン）、蒸気船「神速丸」（二五〇トン）が九月五日に、蒸気艦「回天」（一、二八〇トン）、蒸気艦「蟠龍」（三七〇トン）が十八日に、それぞれ黒煙を吐いて姿をあらわし、湾の東端にある東名《とうな》に入港したという。

二隻の輸送船をうしないはしたが、榎本艦隊の主力は松島湾に集結したのである。

さらに、湾内には、旧幕臣を乗せて六月に品川沖を脱出して仙台に来ていた幕府の輸送船「長崎丸」も碇泊していた。

艦隊の集結が終った頃、たまたま、会津藩とともに新政府軍に徹底抗戦を宣言していた庄内藩から、艦隊に対して援軍を寄越して欲しいという要請があり、榎本はこれに応じて、「長崎丸」に陸兵七十余名を乗せ、「千代田形」を護衛艦として出発させた。

さらに、榎本は、九月十五日に仙台藩が新政府軍に降伏したので、幕府が仙台藩に貸しあたえていた蒸気船「大江丸」（一六〇トン）と帆船「鳳凰丸《ほうおう》」（一三〇トン）を押収して艦隊にくわえた。

その間に、奥羽戦争でやぶれた旧幕兵が、歩兵奉行大鳥圭介、元新選組副長土方《ひじかた》歳三らにひきいられてぞくぞくと仙台に集り、榎本艦隊が松島湾に碇泊しているのをつたえきいてやってくると、各艦船に分乗した。その中には、衝鋒隊長古屋作左衛門、遊撃隊長人見勝太郎、仙台藩洋式銃隊の額兵隊長星恂太郎《じゅんたろう》、幕府の若年寄の任にあった永井玄《げん》蕃頭《ばのかみ》などの姿もみられ、総勢二千八百人にふくれあがった。

仙台で下船するはずであったブリュネ大尉とカズヌーブ伍長は、奥羽の戦乱がほとんどやんでいるのを知って当惑した。

二人は、「長鯨丸」で品川沖を出てから、同じ船にひそんでいた会津藩士柏崎才一と米沢藩の藩士に接触していた。ブリュネ大尉が両藩士に、新政府軍と戦う会津藩と米沢藩のために作戦指導をしてもよいと申出ると、両藩士は喜び、やとい入れたいと言った。そして、報酬の件について話し合ったが、ブリュネが二年契約で八万両という条件を出したため、余りの高額に驚いた両藩士は、到底それには応じられぬ、と答えた。

それでは四万両ではどうか、とブリュネが減額を申出たが、それでも高額すぎるので、自分たちの一存ではきめかねる、と言って、両藩士は確答を避けた。

そのような話し合いはあったが、奥州がほとんど平定されていたので、二人の行き場はなくなったのである。

途方にくれたブリュネ大尉は、旗艦「開陽」にやってきて、榎本武揚と松平太郎に、榎本艦隊でやとって欲しい、と申出て、条件として二十カ月契約で二万両を要求した。

榎本と松平は呆気《あつけ》にとられ、これを拒否した。

ブリュネは、急に態度をあらためると、それでは食費だけでもよいから同行させて欲しい、と言った。

榎本は松平と話し合い、かれらを連れて行けば作戦上役に立つだろうと考え、食費名目で一人につき月に六十二両二分をあたえると答え、ブリュネもカズヌーブも諒承した。

旧幕兵はぞくぞくと乗込んできていたが、それらの兵の中にまじっていたフランス軍事顧問団のマルラン、フォルタン、ブッフィエの三下士官も乗ってきて、ブリュネ大尉の指揮下に入った。榎本は、かれらにもカズヌーブ伍長と同じ報酬をあたえてやとい入れたが、後にブリュネ大尉のみは報酬を月額三百五十両に増額した。

松島湾にはイギリス商船も碇泊していて、銃を買わぬかという話を榎本艦隊に持込んできた。松平太郎は、その船に行って実物を検分し、エンピール銃七百挺を購入した。

十月九日、旗艦「開陽」以下「回天」「蟠龍」「長鯨丸」「神速丸」「大江丸」「鳳凰丸」の七艦船は、東名を抜錨《ばつびょう》した。

艦隊は、東名から北十三里（五二キロ）の石巻湾にのぞむ折ノ浜に寄港し、暴風雨で舵をいためた「開陽」の修理をおこなった。

その間、「回天」は単艦で北上して気仙《けせん》港を偵察し、幕府の帆船「千秋丸」を発見した。「千秋丸」の乗組員たちは、いつの間にか無頼《ぶらい》の徒《と》に化していて、海賊同様に航行中の船を襲ったり海岸の村々に押しかけて物品を掠奪するなどの行為をはたらいていたので、沿岸の住民の恐怖の的になっていた。

「回天」は、「千秋丸」をとらえ、乗っていた者を陸上に追いはらった。

ようやく「開陽」の舵の修理も終えたので、六隻の艦船は、十月十二日、折ノ浜を出港、洋上を北へむかった。気仙港に碇泊していた「回天」も、捕獲した「千秋丸」を曳航して艦隊を追った。

これらのことは、密偵から新政府軍に詳細に通報され、艦隊の次の寄港地は陸中随一の良港宮古であると推定して、その方面に多くの密偵が放たれた。

二

十月十三日昼すぎ、宮古村の見張所からの注進で、角力浜と鏡岩台場の半鐘が打ち鳴らされた。

宮古湾口に大船がつぎつぎに姿を現わし、ゆっくりと湾内に入ってくる。煙を吐き、水しぶきをあげて外車輪を回転させている船もある。鉛をつけた測索を海中に投じては水深をはかりながら進んでくる。

やがて、各艦船はつらなって龍ヶ崎近くをすぎ、鍬ヶ崎浦に入ると停止して錨を投げた。

湾に六隻の艦船が入ってきたことはむろん初めてで、村人たちは仰天し、さらに長さ七〇メートル、幅一〇メートルの蒸気艦「開陽」の巨大さに眼をみはった。湾内の島より大きくみえ、黒い船体の「開陽」が為体《えたい》の知れぬ怪物のように感じられた。

艦隊が宮古湾に寄港したのは、燃料と食糧補給のためであった。蒸気機関を動かすのに必要な石炭を補給したかったのだが、石炭は産出されない地なので松材を積載することが予定されていた。

各艦船からおびただしいボートがおろされ、それに乗った乗員たちがぞくぞくと上陸し、浜はそれらの者たちで充満した。

「旧幕脱艦」が来た折には死力をつくして防禦せよ、という指令を奥羽鎮撫総督府からうけていた代官も吟味応接方も、砲を装備した軍艦の威容と三千名近い乗員に恐れをなし、ただ沈黙を守るのみであった。

榎本武揚も上陸し、大鳥圭介ら幹部と海浜に近い江崎川ぞいの鍬ヶ崎村の本陣である和泉屋に入り、そこを本営にした。

さらに、三日後の十六日には、蒸気艦「回天」が「千秋丸」を曳航して到着し、鍬ヶ崎浦には八隻の艦船が勢揃いした。

上陸した乗員は、宮古、鍬ヶ崎両村の寺院、神社をはじめ民家に分宿した。

恐れおののいて山中に避難していた村人たちは、入港した艦隊が旧幕府軍所属のものであるのを知ると、ぞくぞくと村の中にもどってきた。それは、徳川家に対する畏敬《いけい》の念にくわえて、接する機会の多い仙台藩兵が数多くまじっていることに警戒の念をといたのである。

村人たちは、四カ月前に入港して滞在した船司令中牟田倉之助の指揮する新政府軍軍艦「孟春」の乗員たちのことを思い起していた。

上陸した「孟春」の兵たちは、官軍であることをことさら表面に出して尊大な態度をとり、その上、佐賀藩兵であったので言葉が通じず、村人たちは恐れをなして近づこうとはしなかった。

それと対照的であったのは、九月二十一日から二十二日にかけて、庄内藩応援のため寄港した榎本艦隊の軍艦「千代田形」と輸送船「長崎丸」の乗員たちであった。

宮古湾内には、古くから諸国の船の出入りがひんぱんであったので、宮古村と鍬ヶ崎村には、船乗りを慰安する規模の大きい花街があった。ことに鍬ヶ崎村には、三百軒ほどの戸数のうち遊女屋が実に百六十軒もあり、にぎわいをきわめていた。

その上、美酒と種類の多い新鮮な魚にめぐまれているので船乗りたちには憧れの地であり、南部藩領随一の繁華な地になっていた。

「千代田形」「長崎丸」の入港に、村人たちは初めは警戒したが、上陸した幕兵たちが、庄内藩の応援にゆけば生きては帰れぬという思いから、遊女屋に乗りこんで惜《お》しみなく金をつかった。

遊女たちは、情こまやかに客につくすことで知られているだけに、幕兵たちは喜んで遊んだ。

陽気な兵ばかりであったので、村人たちは、かれらに親しみをいだいた。

南部藩が新政府軍に降伏する直前、南部藩では宮古に出入りする船を取締るために田鍍能衛を渡来船吟味応接方に任命し、派遣していた。田鍍を補佐する介添に地元の刈屋文吾、介添心得に高橋謙左衛門が任じられ、鍬ヶ崎村の給人盛合直左衛門の家を詰所にして、かれら三人がつめていた。また、代官も鵜飼衛守が着任していた。

「千代田形」と「長崎丸」は、燃料の補給をもとめた。すでに南部藩は新政府軍の支配下にあって、旧幕府に所属する両艦の要求を拒否しなければならぬ立場にあったが、幕府に好感をいだく田鍍らは、「長崎丸」に炭千俵と多量の薪を積み込ませた。

これに対して、「千代田形」は要求以上の代金をはらったので、村人たちは一層好感をいだいた。

やがて、「千代田形」と「長崎丸」は十月一日に出港していったが、「孟春」の官兵たちとちがった幕兵に村人たちは強い親近感をいだいた。

そのような前例があったので、入港してきた艦隊の乗組員たちは、村人たちに歓迎されたのである。

乗組の者たちは遊女屋に押しかけ、三味や太鼓の音が夜おそくまできこえて花街はにぎわった。兵たちも気前よく金をつかったので、村での評判は上々だった。

榎本は、燃料、食糧の調達をおこなった。吟味応接方の田鍍能衛は、「千代田形」「長崎丸」の場合と同じように、それを容認し、村人たちもすすんでこれに協力して松材を集め、米、野菜も運んで各艦船に積み入れた。

榎本は、箱館占領に成功した折には、宮古湾を前線基地にすべきだと考えていたので、村の人心を掌握しておく必要を感じ、それらの買上げ品に言い値以上の金を支払った。そのため村人の人気はさらにたかまった。

各艦船への必需品の積込みも順調に終了したので、いよいよ蝦夷へむかうことになった。

榎本たち旧幕府軍幹部は、和泉屋の二階大座敷に集って軍議をひらいた。

その席で、新選組隊士三百人をひきいる元副長土方歳三が、宮古に密偵隊を残留させることを提案した。

榎本軍が箱館を占領すれば、新政府軍は箱館奪還のため兵を出動させてくることはあきらかだった。海路の場合は、艦船が燃料、食糧補給のため必ずと言っていいほど宮古湾に寄港する。その折には数日間は碇泊するはずで、その寄港を密偵隊が箱館に急報すれば、これを十分な準備のもとに迎え撃つことができる、という。

その提案は、もっともなので、ただちにうけいれられた。

土方は、密偵隊長として中島登という新選組隊士を推挙した。

中島は八王子生れの郷士で、新選組に参加してからもっぱら情報収集を担当し、その探索能力はきわめて高度で、かれのもたらす情報は的確だという。

これ以上の適任者はいないという土方の意見に、一同賛成した。

中島がすぐに本営にまねかれたが、すでに土方から内意をつたえられていたかれは、月山《がっさん》に見張所をもうけたい、と提言した。

月山は、鍬ヶ崎浦から宮古湾をへだてた対岸の重茂《おもえ》村にそびえる山（標高四五五・九メートル）で、宮古湾はもとより洋上も一望できる。その山頂附近に仮小舎をひそかに建て、隊員とともに見張る。

もしも、新政府軍の艦船を望見した場合は、健脚な隊員を箱館に急がせ、通報するという。

榎本たちは、それに賛意をしめし、船に乗っている大工職を月山におもむかせ、仮小舎をもうけることになった。

また、中島は、宮古村、鍬ヶ崎村にも密偵を潜入させておきたいと述べ、隊員の選定はかれに一任された。

ただちに大工たちがひそかに月山にむかい、仮小舎を建てた。中島には遠眼鏡（望遠鏡）が手渡された。

宮古湾に六日間碇泊した艦隊は、十八日正午、一斉に錨をあげた。蒸気艦、蒸気船は黒煙を吐き、両舷側の外車輪やスクリューが廻りはじめ、舳《へさき》を湾口にむけた。帆船は、それらの艦船に太綱で曳航されてゆく。

月山の見張所では、配置についた中島をはじめ密偵隊員が、鍬ヶ崎浦をはなれた艦船が日出島を左にみて姉ヶ崎をかすめ、つらなって北方の洋上に小さくなってゆくのを見つめていた。

箱館には、新政府によって箱館府が設置され、公卿の清水谷公考《きんなる》が府知事として赴任していた。

政府は、仙台、久保田（秋田）、南部、津軽、松前の諸藩兵に箱館警備を命じていたが、奥羽戦争の拡大にともなって各藩兵はつぎつぎに帰藩し、松前藩兵のみがそれにあたっていた。

榎本艦隊が品川沖を脱出し、松島湾をへて北上したという情報は箱館にもつたえられ、その行先が箱館らしいという報告もあって、箱館府はもとより町の空気は極度に緊張していた。

さらに、新政府軍の密偵から艦隊が宮古湾で燃料、食糧を補給しているとの報せも入り、九月二十三日には箱館附近の尻沢辺あたりに艦隊が来襲したという誤報もあって、人心は激しく動揺していた。

十月二十日、箱館北方十里（四〇キロ）の噴火湾に面する鷲《わし》ノ木（茅部《かやべ》郡森町）駐在の荒井信五郎が、激しい降雪の中を峠越えして、箱館府に幕府軍艦隊現わるの報をつたえた。

それによると、吹雪の洋上に八隻の艦船がつぎつぎに姿を現わして投錨し、うねる波浪の上をボートで五、六百人の兵が上陸したという。

この通報に箱館は大混乱におちいったが、その夜、箱館府が要請していた援軍の越前大野藩兵百七十余人と備後《びんご》福山藩の藩兵七百人が、軍監野田大蔵にひきいられて秋田から津軽をへて箱館港に到着した。また、前日の午前十時すぎには津軽藩兵四小隊も箱館に入っていた。

箱館府は、大野、福山両藩兵を箱館の守備につかせるとともに、津軽、松前両藩兵と箱館府兵を鷲ノ木から進撃してくるであろう旧幕府軍を阻止するため出動させた。

榎本艦隊が直接、箱館湾に入らなかったのは、開国とともに貿易港となっている箱館港内に碇泊する外国船との摩擦を避けようという配慮からであった。

　榎本は、蝦夷にやってきた趣旨を箱館府の清水谷府知事に訴え、また、清水谷を通じて朝廷にも嘆願しようと考え、

「徳川家に蝦夷地をお渡し下さるよう朝廷に出願しておりますので、しばらく蝦夷地を徳川家におあずけ下さるよう。もしも、この願いを御許容下さらぬ場合は、やむを得ず抗敵仕ります」

　という趣旨の願書をしたため、遊撃隊長人見勝太郎にそれを持たせて箱館府に行くよう指令した。

　人見は、三十名の護衛兵に守られ出発した。

　翌二十一日、榎本艦隊の全陸兵が鷲ノ木に上陸し、大鳥圭介は、大川正次郎と瀧川充太郎のそれぞれ指揮する隊に、人見の隊を追うことを命じた。

　また、土方歳三の指揮する隊は、噴火湾ぞいの道を南下し、川汲《かつくみ》から西へ転じて箱館に進む予定を組み、行動を起した。南と東の両方向から箱館にむかう策がとられたのである。

　願書をたずさえた人見は、護衛の兵とともに弟部峠を越えて翌二十二日、鷲ノ木の南方七里（二八キロ）の峠下《とうげした》村（亀田郡七飯町《ななえちょう》）に達し、その地で夜営した。

それを箱館府直轄の隊が襲い、銃撃を浴びせかけた。後方にあった大川、瀧川隊は、銃声をきいて急いで前進、人見隊と協力して反撃し、府兵を敗走させた。

この報が鷲ノ木にいた榎本や大鳥のもとにつたえられ、榎本は、訴願を出しても意味はないと判断し、全軍に箱館攻撃を命じた。

清水谷府知事は、箱館守備の大野、福山両藩兵を応援に出動させて津軽、松前両藩兵と協力して防戦につとめさせたが、至る所で防禦線が破られ、諸藩兵は箱館に退却した。

榎本軍の兵たちは、鳥羽、伏見以来、奥州でも多くの戦闘に従事した戦場経験の豊かな者ばかりであったので、官兵たちは対抗できなかったのである。

清水谷府知事は、箱館を確保することは到底不可能と判断し、二十四日深夜、幕僚をしたがえてあわただしく五稜郭《ごりようかく》を出ると、翌日の夜明けに箱館に碇泊していたプロシャの軍艦をやとい入れて乗り、津軽海峡をわたって青森にのがれた。

また、各藩兵も清水谷府知事の指示にしたがってやとい入れたイギリス船に乗り、清水谷の後を追って箱館をはなれた。

この折、榎本艦隊の軍艦「回天」が、榎本の命令で鷲ノ木をはなれて箱館湾内に入り、各藩兵がイギリス船に乗って去るのを目撃したが、外国人との紛争が起るのを避けるため発砲もせず見送った。

大鳥隊、土方隊は、それぞれ雪中を進んで難なく五稜郭に入った。

「回天」についで「蟠龍」も箱館港に近づき、弁天崎砲台の気配をうかがった。

その砲台は、文久三年（一八六三）に武田斐三郎《あやさぶろう》がオランダの築城書を参考に設計し、十万両の巨費を投じて完成した新式の台場であった。六角形をした周囲三百九十間二尺余（約七一〇メートル）という大規模なもので、十五の砲座があり、ロシア使節プチャーチンから贈られた「ディアナ号」の砲も据えつけられ、箱館港を防備する強力な施設であった。

両艦は、警戒しながら砲台をしばらくの間監視したが、砲台に人影はみられなかった。「回天」艦長甲賀源吾と「蟠龍」艦長松岡磐吉は協議し、砲台の兵は逃げ去ったと判断し、海兵をボートに乗せて上陸させた。想像どおり台場は無人になっていて、そこに日章旗をかかげ、運上所倉庫も占拠した。しばらくして、五稜郭から陸兵が来て、海兵に代って砲台の警備についた。

二十八日に、秋田藩の蒸気艦「高雄」（三五〇トン）が、箱館が榎本軍に占領されているのも知らず、兵庫（神戸）に行く途中、入港してきた。

ただちに「回天」と「蟠龍」がこれを襲って拿捕《だほ》し、船将田島圭蔵以下乗組の者を幽閉した。「高雄」は、秋田藩がアメリカのブレーキ商会から七万ドルで買った三五〇トン、砲五門装備の蒸気艦であった。
旗艦「開陽」は、舵の修理のため鷲ノ木にとどまっていたが、その折にまたも二人のフランス軍人が榎本軍にくわわってきた。海軍少尉のコラッシュとニコルであった。

二人は昨年、フランス軍艦に乗って横浜に来ていたが、艦長と仲たがいし、昨年の十月十八日、艦を脱出してプロシャ商人に頼んでプロシャ船に乗込んだ。プロシャ船は宮古湾をへて青森に入港し、船長が津軽藩に鉄砲を売ろうとしたが、商談はまとまらなかった。

プロシャ船からイギリス船に乗りかえて箱館にきたコラッシュとニコルは、榎本艦隊が鷲ノ木にきていることをつたえきいて、榎本のもとにくると、やとい入れて欲しい、と申出た。

榎本は諒承し、食費として月額六十二両二分をあたえることを条件にやとい入れたのである。

蝦夷に残る新政府軍側の守備兵は、六百余名の松前藩兵のみになった。

榎本は、無駄な犠牲をはらうのを避けるため交渉によって松前藩を降伏させようとくわだてていた。

たまたま、横浜から箱館港に入港してきた外国船に松前藩士の桜井恕三郎が乗っていたので、榎本は、これを捕えさせて降伏をうながす書状をあたえて松前におもむかせた。しかし、藩主松前徳広は、桜井の節度のない態度を怒って斬殺し、抗戦の意志をしめした。

松前藩の居城は、福山湾に面した福山城（松前城）であった。

桜井が斬殺されたのを知った榎本は、交渉を断念して福山城の攻略を策した。そのため、土方歳三指揮の彰義、陸軍、額兵の諸隊七百余名が、十月二十七日、五稜郭を出発して松前にむかった。

「開陽」は、十一月一日に鷲ノ木をはなれて箱館港に入り、投錨した。

榎本は、箱館占領を祝して「開陽」に二十一発の祝砲を発射させ、砲声は、箱館後方の山々にいんいんと木霊《こだま》した。その中をかれは、荒井郁之助らと上陸し、隊列を組む兵に守られて五稜郭に入った。

また、この日の早朝、「蟠龍」が敵の情勢をさぐるため箱館を出港していた。「蟠龍」は榎本艦隊であるのをさとられぬよう津軽藩の旗をかかげて午後二時に福山湾に入った。

福山湾は暗礁が多く、しかも、波が荒くて蒸気船が入るのは困難である上に、海岸六カ所に砲台が築かれているので沿岸防禦はきわめて厳重であった。

それでも、「蟠龍」は水深を計測しながら慎重に湾内に進み、しばらく海岸の気配をうかがった。しかし、海岸に兵らしきものの姿はなく、深い静寂がひろがっていた。

防備の兵がすでに退却しているとも思われ、試みに砲弾を一発発射してみた。と同時に、砲台をはじめ海岸の十余カ所から銃砲撃が一斉に「蟠龍」にむかって注がれた。が、砲は旧式であったので砲弾が二発、「蟠龍」の近くに落下して水柱をあげただけで、他はとどかず、ことごとく海に落ちた。

「蟠龍」は急いで後退し、夜十二時すぎに箱館に帰港した。

深い積雪をおかして陸路を進んだ土方隊は、松前藩兵の抵抗を排除しながら進み、十一月二日、福山の手前の福島を攻略した。

土方隊には、品川沖で乗ったフランス人のカズヌーブと仙台湾で乗ったブッフィエの二下士官が加わっていて、土方に戦闘の助言をしていた。

福山城攻略をめざす土方隊は、十一月五日、兵を二分し、一隊は本道から海岸ぞいに進み、一隊は背後の山稜をまわって松前城下にせまった。そして、城下の法華寺境内《けいだい》に砲列をしき、城中に砲撃を開始した。

これに呼応して「回天」「蟠龍」も海上から砲撃をくわえ、土方隊は城門にせまり、必死に防戦する松前藩兵と乱戦の末、城内に突入した。

福山城守備の城代家老蠣崎《かきざき》民部は、城を焼いて江差方面に退却し、このため福山の市街の四分の三が焼失した。

榎本軍は、福山城が落城したので松前藩は降伏するだろうと考えていたが、その想像は裏切られ、松前藩兵は館（地名）から江差にいたる線に防備陣をしき、あくまで抗戦の姿勢をしめした。

そのため、土方隊は十一月十一日に江差にむかい、松岡四郎次郎指揮の一隊二百余も間道をたどって館から江差にむかうべく進撃を開始した。間道の雪は深く、かれらは腰まで雪に没しながら進んだ。

十二日、「長崎丸」とともに庄内藩応援のため酒田港にむかった軍艦「千代田形」が、単艦で箱館に入港してきた。

艦長森本弘策の言によると、酒田港に到着した時は、すでに庄内藩が新政府軍に降伏した後であったので、「千代田形」と「長崎丸」は、数里はなれた飛島のかげに碇泊して燃料、水を補給した。

その積込み作業中、天候が急変して「長崎丸」は押し流されて暗礁にふれて大破し、「千代田形」も激浪にもまれながらも危うく沖にのがれて、箱館に来たのだという。

榎本は、松前藩主のいる江差に兵力を集中して攻撃するため、十一月十四日午前、舵の修理を終えた旗艦「開陽」に乗って福山湾に入り、上陸した。

そこで元陸軍奉行並の松平太郎と福山城中で軍議をひらき、「開陽」を江差にむかわせることに決定した。

江差は松前藩の要衝で、北前船の発着する地であり、廻船問屋や大店が軒をならべにぎわいをきわめていた。

海上に対する防備としては鷗島《かもめ》、江差役所、愛宕山《あたごやま》、碇町に計八砲台がもうけられていた。

箱館、福山城を手中におさめた榎本は、この江差を占領することによって豊かな経済力をもつ商人や住民の協力を得、それが蝦夷地を支配する上で絶対に必要であると判断していた。江差は松前藩にとって残された唯一の要地であるだけに、藩兵たちの抵抗は激しいことが予想され、陸路から攻撃する土方隊、松岡隊を支援するため「開陽」が海上から砲火を浴びせるべきだ、と考えたのである。

その夜の九時すぎ、「開陽」は抜錨して福山湾をはなれ、海岸ぞいに北上した。

翌十五日、まだ夜が明けぬ頃、「開陽」は江差沖に達した。

海岸に篝火《かがりび》が二、三カ所またたくように焚《た》かれているのが見えるだけで、濃い闇《やみ》がひろがっていた。艦は、夜が明けるのを待ってその位置にとどまった。

しばらくして、あたりが明るくなりはじめ、榎本は、艦長の沢太郎左衛門とともに艦橋に立って江差の港を見つめた。雪が降っていて寒気はことのほかきびしく、「耳鼻ヲ削ラル、如シ」であった。海上は穏やかだった。

氷雪に白くおおわれた江差の町の背後の山々が、ほの白く見える。

湾口に鴎島があり、遠眼鏡でその島の海岸を探ってみると砲台らしきものが見えたが、その規模は降雪でしかとはわからなかった。

沢艦長は、砲台の有無を確認するため、砲手に命じて試みに三十斤旋条砲を発射させてみた。が、島は静かで、人影らしいものも見えない。

無人であるようなので、艦を江差港内に警戒しながら進ませ、さらに人家の裏手にある山にむけて七発の砲弾を発射させた。そして、陸岸の気配をうかがったが、兵らしい者の姿はなく、わずかに山路の雪の中を急いで駈けのぼってゆく住民らしい者が見えただけであった。

沢は、ボートをおろさせて、少数の兵を岸に送った。

ボートが着岸したのは、組問屋矢木喜右衛門の店がある下浜江で、兵たちはあたりに警戒の視線を走らせながら矢木の店に入った。そこも森閑としていて、物陰にひそんでいた雇人を見つけて訊問したところ、江差がすでに無人にひとしいことがあきらかになった。

広い情報網をもつ江差の商人たちは、榎本艦隊が品川沖から蝦夷地へむかったことをいち早く知り、戦禍をこうむるのではないか、と恐れた。

動揺した廻船問屋や大店では、山中にもうけた山倉に家財道具や食糧を運び上げ、倉庫の土を掘って金をかくすなどの処置をとった。

榎本艦隊が鷲ノ木に到着したという報せをうけると、住民たちは競い合うように山倉や別荘にのがれ、市中には人影が絶えた。

江差に集結し駐留していた松前藩兵も、これまでの戦闘で榎本軍の攻撃に対抗できないことを感じ、すでに乙部、熊石方面に退避していたのである。

上陸した兵からその報告をうけた榎本は、江差攻略に多大の犠牲を覚悟していただけに大いに喜び、多くの兵を上陸させた。そして、矢木喜右衛門の店を本陣にさだめ、沖の口役所、江差奉行所、江差町役所、砲台附属の倉庫等を確保させた。

榎本は、二方向から積雪の中を江差にむけて進撃してくる土方隊、松岡隊に江差を無血占領したことをつたえるため、連絡兵を走らせた。

さらに、かれは沢と話し合い、「開陽」を鷗島近くに後退させて投錨し、両隊の到着を待つことになった。

その日の夕方六時頃から、にわかに天候が悪化し、北風が強くなって吹雪になり、視界は全くとざされた。

艦は激浪にもまれ、沢艦長は、機関長中島三郎助に命じて補助錨を投げるとともに機関の蒸気圧も十分にあげ、いつでも沖に出られるよう準備をととのえさせた。

波浪はさらにたかまって水しぶきを吹き散らしながら押し寄せるようになり、十時頃、主錨が波の勢いに押されて海底からはずれ、ついで補助錨もぬけて、艦は岸に吹き流されはじめた。中島機関長は、蒸気機関を最大限に作動させてそれを防ごうとしたが、艦は激しい勢いで流され、海岸の浅瀬に激突して乗り上げてしまった。

傾いた船体は吹雪につつまれ、波に洗われる。沢艦長は、大砲を発射してその反動で暗礁からの離脱をはかろうとしたが、何発発射しても艦は動かず、十六日朝を迎えた。その附近一帯は暗礁で、船体はその中に深く食いこんでいた。

その日、江差にむけて進撃していた土方隊と松岡隊が相ついで江差に到着し、隊員たちは、坐礁してかたむいた「開陽」の姿に悲痛な声をあげた。

暴風雪と激浪に「開陽」の乗員たちの上陸は、不可能であった。

風波はおさまらず、「開陽」に乗る榎本をはじめ乗組員は艦内にとどまっていたが、ようやく十九日になって、わずかの兵器をたずさえて岸にあがることができた。

土方は、「開陽」救出のため五稜郭本陣に急使を派遣した。その報せをうけた本陣では、軍艦「回天」と輸送船「神速丸」に緊急出港を命じた。

両船は箱館港を出て二十四日に江差港の港口に達したが、すでに「開陽」は浸水が激しく、沈没寸前であった。その上、波浪は相変らず激しく、両船は港内に入ることは危険と判断し、沖への離脱をはかった。

「回天」は沖に出ることができたが、「神速丸」は蒸気機関の故障で動けなくなり、急いで三本の錨をつぎつぎに投げたがすべて切断され、海岸に押し流されて、豊部内《とよべない》川附近の浅瀬に乗り上げ、大破した。

「神速丸」の乗員たちは、陸にいる兵たちの必死の救援作業で辛うじて岸から綱を張りわたし、それをつかんで波を浴びながら上陸した。

熊石村にのがれていた松前藩主徳広ら一族は、兵七十余名とともに津軽に退避するため「長栄丸」に乗ってその地をはなれていた。

風浪が激しく、徳広は祖先伝来の兜《かぶと》を海に投じて海路の安全を祈願したが、その航中、前藩主の五女が死去し、二十一日にようやく津軽藩領の平舘《たいらだて》にたどりついた。

徳広は津軽藩に保護されたが、持病の肺病が悪化し、八日後の二十九日に喀血《かっけつ》して死んだ。二十五歳であった。

三

蝦夷地平定をはたしはしたが、旗艦「開陽」をうしなった榎本の悲嘆は大きかった。甲板が彎曲《わんきょく》した「開陽」は徐々に沈みはじめ、十日後にその姿を海中に没した。

「開陽」は、海軍力の充実をはかる幕府が強力な蒸気艦としてオランダに発註した艦であった。それと同時に建艦の監督と操練のため留学生を派遣することになり、榎本も沢太郎左衛門らと留学生の中にくわえられ、文久二年（一八六二）六月十八日、品川沖を「咸臨丸」で出発した。

榎本らがオランダのロッテルダムに到着して間もなく、「開陽」の建造が開始された。設計はオランダ海軍最高の造艦権威者が担当し、建造は順調に進行して、起工から二年余の慶応元年（一八六五）十一月二日に進水した。その折には、オランダの民間造船所で建造された最大の新鋭艦ということでオランダ国内で評判になり、進水祝の詩がつくられ民謡の曲にのせられて広く歌われたりした。

艤装《ぎそう》は海軍工廠《こうしょう》ですすめられ、公試運転を繰返した後、艦は、日本へ回航する任務を命じられたディノー艦長に引渡された。「開陽」についての仕様書もディノー艦長が領収したが、そこには、構造、装備ともに最新式のものであり、備砲の性能もオランダ海軍でそれにまさるものはない、などという検査結果が記されていた。

慶応二年十二月一日、ディノー艦長以下百九名の乗組員と榎本、沢ら九名の留学生を乗せた「開陽」は、日本にむかって出港した。

大西洋を南下、南米のリオ・デ・ジャネイロ、蘭領東インドのアンボイナに寄港し、翌年四月三十日に横浜港に到着した。

幕府は、「開陽」にさらに九門の砲を装備して三十五門としたが、入港する諸外国の軍艦も「開陽」に匹敵する強力艦はなく、幕府の誇る主力艦となった。

起工から進水まで立会い、さらに、日本までの試験航海でその優秀性を身にしみて感じていた榎本は、同じ留学生であった沢とともに「開陽」の沈んだ海面を眼をうるませて見つめていた。

榎本は悲しみにひたりながらも、江差に守備兵を残して陸路、松前街道をたどって五稜郭にもどった。

十二月十五日、榎本は、蝦夷地平定の祝賀式をもよおした。港内碇泊の軍艦と砲台から百一発の祝砲が放たれ、艦船は満艦飾に彩られ、夜には町の家々も灯をつらね、夜おそくまでにぎわいをきわめた。

その日、港にイギリス艦「サトリット号」とフランス軍艦「ウェニュス号」が入港してきた。

榎本は、永井玄蕃とともに両艦の艦長に会い、自分たちが蝦夷にきたのは旧幕臣三十万人に開拓と警備にあたらせるためであると説明し、蝦夷地を徳川家に賜りたいという願書を新政府に渡して欲しい、と要請した。

また、榎本軍の指揮系統がまだきまっていなかったので、蝦夷地を領収するため徳川将軍家の血筋の者がくるまでの間、指揮者をさだめ、行政、兵制組織を確立することを決定した。

その選定には、アメリカ合衆国の例にならって士官以上の者に入札《いれふだ》（投票）をさせた。集票の結果は、榎本武揚一五六点、松平太郎一二〇点、永井玄蕃一一六点、大鳥圭介八六点、松岡四郎次郎八二点、土方歳三が七三点などであった。

この入札の点数を参考にして、

総裁　榎本釜次郎（武揚）

副総裁　　松平太郎
海軍奉行　荒井郁之助
陸軍奉行　大鳥圭介
　　　並　土方歳三
箱館奉行　永井玄蕃
　　　並　中島三郎助
開拓奉行　沢太郎左衛門
松前奉行　人見勝太郎
江差奉行　松岡四郎次郎

を決定した。

荒井海軍奉行のもとには、「回天」（艦長甲賀源吾）、「高雄」（艦長小笠原賢三）、「蟠龍」（艦長松岡磐吉）、「千代田形」（艦長森本弘策）と輸送船「大江丸」「長鯨丸」「鳳凰丸」「回春丸」（千秋丸改名）の八隻の艦船が所属することになった。が、「大江丸」（一六〇トン）は故障が多いので、フランス商人ハープルに一万ドルで売り渡した。

また、兵員は五稜郭に八百人、箱館三百人、福山四百人、江差二百五十人、福島百五十人、室蘭二百五十人、鷲ノ木百人その他が守備隊として配置された。

榎本軍にはブリュネ大尉をはじめ七名のフランス軍人がくわわっていたが、箱館で下士官クラトー、プラディエー、トリボーの三名も参加し、計十名になっていた。

帰国命令に違反していたブリュネ大尉ら元軍事顧問団の団員と脱走軍人であるニコルとコラッシュたちは、箱館港内に碇泊しているフランス軍艦側に捕われるのを恐れ、民家にとじこもって外に出ることを避けていた。そして、服装も軍服をぬいで和服を着、顔をかくすため頭巾をかぶっていた。

榎本らは、新政府軍が蝦夷地奪回をくわだてて来襲することは必至と考え、防禦態勢の強化に手をつけた。

箱館山の各所に見張所をもうけて見張番を配置し、弁天崎砲台を整備するとともにそこに二間（三・六メートル）四方の壕を構築した。さらに、進攻が予想される地に地雷火、柵などをもうけ、保塁を増設した。その他、川汲、松前、江差方面などの防備施設もととのえた。

これらはフランスのブリュネ大尉らの助言によるもので、榎本は、ブリュネとそれらの施設を巡視した。

海軍力の増強も積極的に推しすすめられた。

沈没した「開陽」と「神速丸」にのせられていた火薬類を引揚げて箱館に運ばせ、「神速丸」の大砲を箱館で拿捕した秋田藩軍艦「高雄」と輸送船「長鯨丸」に装備した。

また、各艦船に石炭、薪、火薬類を十分に積込ませて戦闘にそなえ、箱館港内に大規模な防禦索条を張り、艦船の進入を阻止する工夫もした。

榎本は、このような軍備の強化を新政府軍側にさとられぬよう、島内各地に多数の密偵を放ち、新政府軍側から潜入しているであろう密偵の探索にあたらせた。島内の各所に高札を立て、新政府軍側に内報している者を捕えた者には、五十両の褒美をあたえると布告した。

榎本の推測どおり、青森に退いた箱館府は、多くの密偵を箱館方面に潜入させ、情報収集にあたらせていた。

箱館府の小使清吉と府吏三好武五郎は、それぞれ蝦夷平定後の榎本軍の兵力の配置を正確に通報し、また、同様に潜入していた密偵の古村伊佐太郎は、榎本軍のたくわえている兵糧等の量を報告。むろん、箱館府は、「開陽」「神速」の坐礁、沈没も熟知していた。

一方、榎本軍からの密偵は、青森方面はもとより東京方面にまで放たれていた。

新政府軍側のこれら榎本軍の密偵に対する探索も厳重で、青森では、御徒目付今清太郎が南部生れの市太郎を捕え、斬罪に処して梟首《きょうしゅ》した。罪状は、市太郎が榎本軍から金をもらって青森に潜入し、その方面の新政府軍の動きをさぐると同時に、人心を不安におとしいれるような風説を流していたかどによるものであった。

このように、榎本、新政府両軍からの密偵による情報収集は、さかんにおこなわれていた。

新政府軍は、榎本軍討伐を決定し、青森方面に避退していた箱館府知事清水谷公考を十二月十日付で青森口総督に任命した。清水谷は、青森の常光寺を本陣として箱館奪還の準備に入った。

朝議をひらいた新政府は、榎本軍の主筋にあたる水戸藩徳川昭武、駿府藩徳川亀之助を利用して榎本軍を降伏させるのが得策であるという大久保利通の建言をいれ、両藩主に討伐軍への参加を命じた。

清水谷青森口総督のもとに山田市之允（顕義・後に司法大臣）が総参謀として赴任し、年が明けて、ぞくぞくと各藩兵が青森に集結した。

青森には山口藩兵七百七十六人、津軽藩兵百八十人、久留米藩兵二百五十人、徳山藩兵二百五十五人、松前藩兵五百五十二人、その他、野辺地《のへじ》に岡山藩兵五百人、油川と新城に福山藩兵六百二十一人、奥内に大野藩兵百六十六人、弘前に津軽藩兵二千八百八十

六人、黒石に黒石藩兵百六人、総計六千二百九十二人の兵が駐屯した。

山田総参謀は、戦意をたかめるため、明治二年（一八六九）一月十五日に、青森郊外の石神野に諸藩の兵を集めて大操練をおこない、清水谷総督が閲兵して士気を鼓舞した。

また、榎本艦隊も、雪どけとともに新政府軍が来襲すると想定して、箱館港内で戦闘訓練をおこなわせた。連日、砲座の移動と発射訓練を繰返し、乗組員の練度はいちじるしく向上した。

四

「開陽」を旗艦としていた榎本艦隊は、新政府軍の海軍力に対し圧倒的な優位に立っていたが、「開陽」をうしなった榎本艦隊の戦力はいちじるしく低下し、新政府軍の海軍力にわずかにまさる程度の状態になっていた。

二月に入って間もなく、東京方面に張りめぐらされていた諜報網から、アメリカが局外中立の立場から引渡しをこばんでいた最新鋭の装鉄軍艦「ストーンウォール・ジャクソン号」を新政府に引渡し、新政府はこれを「甲鉄」と命名したことをつたえてきた。

この情報については、箱館に入港してきた外国船の船長にききただした結果、事実であることが確認された。

アメリカは、奥羽戦争での新政府軍の圧勝によって中立宣言を破棄し、新政府軍に同艦を引渡したのである。

榎本たちは、むろん、「甲鉄」の戦力については熟知していた。

排水量一、三五八トン、蒸気内車一、二〇〇馬力、全長四八メートル、幅九メートルの蒸気艦で、船体に鋼鉄板が張られている。

装備は、前部にアームストロング三〇〇ポンド砲一門、後部に七〇ポンド砲二門と二四ポンド砲六門、それに一分間に百八十発連射可能のガットリング機関砲が据えつけられていて、備砲全体の威力は、「開陽」よりもすぐれていた。

「開陽」をうしなった榎本艦隊の旗艦は、「回天」であった。排水量は一、二八〇トンで「甲鉄」とほぼ同じであるが、一時は廃艦とされたほどの老朽艦で、「甲鉄」の戦闘力にははるかにおよばない。

「甲鉄」が新政府軍側に引渡されたことを知った榎本たちは、顔色を変えた。

優位に立っていた榎本艦隊は「開陽」をうしない、逆に新政府軍は「甲鉄」をくわえて、海軍の戦力が完全に逆転したことを知ったのである。

東京方面で動いている密偵からは、新政府軍が箱館攻撃の艦隊編成をすすめていることを刻々とつたえてきていた。

「甲鉄」が旗艦となり、艦長は長州藩士の中島四郎が任命され、「春日」「丁卯《ていぼう》」「陽春」の三艦が編入されたという。

赤塚源六を艦長とする「春日」(一、二六九トン)は、慶応三年(一八六七)、薩摩藩が、売りに出されていたイギリスの「キャンスー号」を購入し、「春日」と命名した艦であった。備砲は六門と少いが、最新式アームストロング砲が後装（元込め）式であるので発射速度が速く弾着も正確で、それに一六ノットという快速が特徴であった。

「丁卯」は長州藩がイギリスから購入した一二五トンの蒸気艦で、艦長は山県久太郎。

「陽春」は秋田藩がアメリカで建造させた五三〇トンの木造艦で、艦長は谷村小吉であった。

「甲鉄」を旗艦としたこれら四隻の戦闘艦が、新政府海軍の艦隊勢力であった。

これに対して、榎本艦隊は、「回天」を旗艦に、「蟠龍」（三七〇トン）、「千代田形」（一三八トン）、「高雄」（三五〇トン）の四艦。「蟠龍」は、一八五七年（安政四年）七月、日英修好通商条約を記念してイギリスから幕府に贈られたビクトリア女王の遊覧用ヨットで、船体は堅固であった。

新政府軍艦隊と榎本艦隊の中では、「甲鉄」の戦闘力がひときわ傑出していて、それを旗艦とする新政府軍艦隊の戦力は、榎本艦隊のそれをはるかに上まわっている。もしも、両艦隊が正面から対戦すれば、たちまちのうちに榎本艦隊は潰滅させられることはあきらかだった。

海軍奉行荒井郁之助は、「甲鉄」を撃沈または大損傷をあたえなければ勝利はおぼつかないと考え、その船体に張られた鋼鉄板を貫通させる方法について考究した。その結果、五六インチ砲弾の尖端に鋼鉄をつけたものを鋳造させ、それを「回天」から試射させて効果があることを確認したので五十発ほど作らせた。

新政府軍艦隊の動きについては、東京方面に放たれた密偵から、艦隊編成がおくれているという通報があったが、三月中旬、箱館にもどってきた密偵が緊急情報をもたらした。

三月十日、「甲鉄」を旗艦とした艦隊が、箱館にむかって品川沖を出港し、「十七、八日ノ頃ニハ南部宮古港へ入津《にゆうしん》」する予定だという。

事実、艦隊は、三月九日に出港の予定であったが、軍艦「陽春」の修理が間にあわず、旗艦「甲鉄」は、「春日」「丁卯」の二艦と「豊安丸」「戊辰丸」「晨風丸」「飛龍丸」の四輪送船をひきいて出港した。「陽春」は整備なり次第、次の寄港地宮古にむかって艦隊を追うことになった。

この諜報を得た榎本は、陸上、海上の兵力にこれをつたえ、警戒を厳にするよう命じた。

「甲鉄」の卓越した戦闘力を熟知している榎本たちは、新政府軍艦隊の攻撃をうければ、

「回天」以下の榎本艦隊が惨めな敗北をこうむることは必至だ、と予想していた。しかし、現有勢力で迎え撃つ以外になく、榎本たちの間には、悲愴《ひそう》な空気がひろがっていた。

そうした重苦しい空気の中で、「回天」艦長甲賀源吾から海軍奉行荒井郁之助に対して、一つの提言がなされた。

常に口数の少い甲賀が、よどみない口調で熱っぽく弁じるのに、荒井は驚いた。

甲賀は、自分の胸に秘めている策を筋道立てて説明した。
一、箱館攻撃をくわだてて品川沖を出港した新政府軍艦隊は、青森港で戦備をととのえた後に、箱館に出撃することは確実である。
二、しかし、各艦船の速度がそれぞれ異なるので青森に直行することはせず、途中、一、二の集合地をさだめて北上するはずで、密偵の情報どおり宮古湾に寄港すると考えるのが常識である。宮古湾は数多くの艦船を碇泊させることのできる良港であり、そこで食糧、燃料、飲用水の補給をすることは疑いない。
三、新政府軍艦隊中、最も恐るべきは「甲鉄」で、「回天」は、残念ながら海上戦闘で「甲鉄」に劣る。
四、そこで、いたずらに新政府軍艦隊の北上を待つことなく、宮古湾に碇泊中の新政府軍艦隊を奇襲し、「甲鉄」を分捕る。

五、その奇襲攻撃は、「回天」が担当する。
荒井は、無言のまま甲賀の顔を見つめていた。

新政府軍艦隊をどのように迎え撃つか、荒井は日夜考えつづけていた。甲賀の言うとおり、恐ろしいのは「甲鉄」一艦のみと言ってよく、それに対応するため特殊な砲弾を考え、それを五十発余保有することができた。しかし、それだけで「甲鉄」に致命的な打撃をあたえることができるとは思ってもいない。

あれこれ考えてはみたが、これという策は思いつかず、悩みつづけてきた。かれにとって、甲賀の口にした作戦は、夢想もしなかったことであった。

荒井は、甲賀の述べた内容について胸の中で検討してみた。

たしかに、新政府軍艦隊が宮古湾に寄港することは断定してまちがいない。自分たちもそこに寄港し碇泊しているので、湾内の地勢は十分に知っていて、奇襲するには有利である。

それに、蒸気艦の機関は一度火をおとせば、つぎに始動するまでには長い時間が必要で、奇襲した折に碇泊中の新政府軍の蒸気艦がただちに行動を起すことは不可能で、ひたすら襲撃をうけるままになる。また、娼家の多い宮古村、鍬ヶ崎村のことを考えると、碇泊中の艦船の乗組員たちの大半は上陸して、艦船にとどまっている兵はわずかだろう。

荒井は、眼を鋭く光らせた。

「甲鉄」を分捕ることができれば、新政府軍艦隊は無にひとしいものになり、それに対して榎本艦隊は、強力きわまりないものになる。青森方面に集結している新政府軍の大軍は、品川から発した艦隊の到着を待って箱館方面に上陸作戦をおこなおうとしているはずだが、その作戦計画もついえる。榎本艦隊によって制海権が完全に支配されている津軽海峡に、もしも、兵員、軍需品をのせた輸送船を強引に出せば、つぎつぎに海中に沈められるはずであった。

奇策だ、と荒井は思った。この作戦以外に榎本軍を安泰にさせる方法はない、と確信した。

「奇襲か。よし、早速、榎本総裁にはかってみよう」

荒井は、大きくうなずき、すぐに五稜郭におもむくと、榎本に会って甲賀の提言をつたえた。

榎本は思いがけぬ提案に驚き、詳細に説明する荒井の顔を見つめていた。

荒井は、甲賀の策が深い思慮から発したものであることを説き、成功する公算が大である、と熱っぽい口調で述べた。

榎本は、荒井の奇策という言葉にうなずき、緊急の軍議をひらくことを命じた。

榎本を中心に副総裁松平太郎、海軍奉行荒井郁之助、陸軍奉行大鳥圭介、同奉行並土方歳三と甲賀源吾をはじめ各艦の艦長が招集され、五稜郭の本営内で会議がひらかれた。甲賀が提案の趣旨を説明し、荒井がそれを補足した。

異論をとなえる者はなく、その提案を採用して実行することに決定した。

具体的な実施方法については、軍事顧問団であるフランス軍人の意見も求めることになった。たまたまブリュネ大尉は松前方面におもむいていたので至急呼びもどし、他のフランス軍人たちも集めてこの決定事項をつたえた。

ブリュネ大尉をはじめかれらは、この作戦案を強く支持した。

「甲鉄」分捕り作戦については、ニコル海軍少尉がきわめて有効な方法がある、と眼をかがやかせて発言した。

かれは、「アボルダージ・ボールディング」という言葉を口にし、それはフランス海軍伝統の敵艦斬込み戦術であると紹介し、しかも、かれ自身、実戦体験がある、と言った。

かれは、英仏戦争に軍艦乗組員として参加したが、イギリスの装鉄艦を襲った折のことを詳細に説明した。

かれの乗ったフランス軍艦がイギリス軍艦に接舷すると、機関をとめて縄を投げ、その縄をつたって、かれは五十人余の兵とともにイギリス艦に躍りこんだ。まず、最初にやったことは、甲板下に通じるすべての出入口をとざしてイギリス艦の乗組員をとじこめたことであった。

これによって、甲板下にいたイギリス艦の乗組員は、戦意をうしなって兵器を捨て、全員が投降し、艦を捕獲したという。

ニコル少尉の生々しい実戦談をきいた榎本たちは、成功の確率がたかいことを確信し、少尉の指導のもとに実施方法を練ることにきめた。

軍議が繰返されたが、そのうちに、ニコル少尉の指摘もあって「回天」一艦で奇襲をおこなうのはこのましくないということになって、作戦計画を変更した。

「回天」は、両舷側に蒸気圧で船を推進させる車輪が張出しているので、「甲鉄」にぴったり横づけすることはできず、そのため乗組員が躍りこむのは困難である。

その点、軍艦「蟠龍」と「高雄」は、いずれも内車船（スクリュー船）式で完全な接舷が可能であり、「甲鉄」の右舷と左舷に横づけすれば、両方向から斬込隊を躍りこませることができる。

これによって、「甲鉄」に兵を突入させるのは「蟠龍」と「高雄」からとし、「回天」は、碇泊中の他の新政府軍艦船を牽制して、「甲鉄」奇襲を援護することが決定した。

斬込隊は、ニコル少尉が実戦でおこなったように、「甲鉄」に躍りこむと、いちはやく甲板下に通じる出入口を制圧し、そこから銃撃を浴びせて艦内の兵たちを降伏させる。むろん、斬込隊は、同士討ちを避けるための有効な方法をとる。

捕獲した「甲鉄」を箱館まで操艦する責任者は、「高雄」艦長小笠原賢三が指名された。小笠原は、「甲鉄」をアメリカから引取る時、同艦に乗って横浜まで回航させた経験があり、「甲鉄」については熟知しているので、操艦を委任したのである。

この決定によって、「高雄」艦長には小笠原の代りに古川節蔵が任じられ、小笠原は、同艦に乗る軍艦役となった。

奇襲作戦の総指揮は、荒井海軍奉行が司令官として自らあたり、斬込隊の指揮は、終始この奇襲案を積極的に支持した土方歳三が任命された。

奇襲作戦が決定した日から、「甲鉄」捕獲のための激しい調練が開始された。「高雄」と「蟠龍」が交互に接舷し、その度に兵が他艦に躍りこんで甲板下への出入口を確保する。これはニコル少尉が熱心に指導にあたり、土方もかれらを督励《とくれい》して、兵は真剣になって調練を繰返し、その動きは日増しに機敏になった。

また、宮古湾内の新政府軍艦船を制圧する任務をもつ旗艦「回天」では、左右両舷に装備された砲を、目標の敵艦に向ける訓練が反復されていた。初めの頃は、一時間以上もかかったのに、激しい調練をかさねた結果、十五分ほどで両舷の砲を一方向にむけることが可能になった。

このような猛調練によって兵の士気は日増しに向上し、荒井司令官をはじめ指揮層は自信を深めた。

荒井は、土方とともに奇襲作戦を極秘とし、指揮者たちにも決して口外しないようきびしく申し渡した。箱館の町には新政府軍側の密偵が数多く潜入していて、榎本軍の動きをさぐり、それを通報しているはずであった。

また、貿易港である箱館には諸外国の領事館がもうけられているが、館員たちの眼も榎本軍にそそがれていて、自由に出入港する外国船に託して新政府側に情報を流すことも十分に考えられた。

箱館湾内でくりひろげられている猛調練が奇襲のためであることが知れれば、新政府軍艦隊は当然、それに対して警戒し対策を十分に練って待ちかまえるはずであった。そのような事態になれば奇襲作戦は失敗するどころか、逆に大きな損失を負わされる。

作戦を成功させるには、新政府軍側に決して察知されぬことが第一で、そのためには作戦に従事する兵たちにも、その調練が奇襲作戦をおこなうためのものであるのをさとられぬようにする必要があった。

荒井は乗組員たちに、また土方は斬込隊員たちに、それぞれかれらを欺《あざむ》く訓示をしばしばおこなった。

艦を接舷して斬込む調練は、やがて箱館港めざして進んでくるであろう新政府軍艦隊に対しての必死の戦法である、と前置きして、

「仏国海軍では、接舷斬込み戦法を伝統とし、輝かしい戦歴を誇っている。ニコル少尉は、実戦でこれを体験しているので、指導をしていただいているのだ。この湾内に入ってくる敵艦船に不意をついて斬込み、すべてをわが方のものとする。それを成功させるか否かは、お前たちの調練いかんにある」

と、力強い口調ではげました。

海上を渡る風は冷たく、吹雪で視界がとざされる日も多かった。

その中で、接舷斬込みの調練が反復されていた。

五

宮古湾を一望に見おろす月山では、新選組隊士の中島登が、密偵隊長として月山にもうけられた仮小舎から一歩も動かなかった。

かれは、隊員とともに夜が明けはじめると、湾内はもとより海上を遠眼鏡で監視しつづけていた。雪におおわれた月山に村人がやってくることはなく、中島たちの存在は気づかれずにすんでいた。

中島の命令で、宮古村と鍬ヶ崎村にひそんでいる密偵は、さまざまな情報をつかんで中島に報告していた。

湾内への船の出入りがひんぱんなので、それらに乗る者の口から各地の情勢が村につぎつぎにつたわってきていた。商人などに身を変えた密偵たちは、それらの船乗りに接したり、船乗りがもらした話を娼婦たちから収集したりしていた。

中島は、それらの密偵たちが集めた情報で、榎本軍が蝦夷を平定したことを知って喜び、また、「開陽」が坐礁、沈没したことを耳にして嘆き悲しんだ。

前年の十一月、かれは、すでに新政府軍が蝦夷討伐を決定し、各藩に対して青森方面に藩兵を出動させるよう命じたという情報も入手していた。

中島は、見張りの者たちに一層海上の監視を厳にさせ、村に潜入している密偵たちにも情報収集にはげむよう指示した。

それから間もなく、鍬ヶ崎村に放っていた密偵が、あわただしく月山の見張所にやってきた。宮古湾の南方五里（二〇キロ）の位置にある山田浦に、二隻の汽船に乗った新政府軍の兵多数が上陸し、蝦夷討伐のため青森方面にむかうらしいことをつたえた。

山田浦は、半島と岬にいだかれた良港で、湾内は奥深い。

中島は、その密偵に山田浦におもむいて実状をしらべてくるよう命じた。

密偵は、すぐに山を駈けくだっていったが、翌朝早く息をはずませて引返してきた。

その報告によると、山田浦に入港した汽船はイギリス船「エソプ号」とプロシャ船「ハヤマル号」で、備前藩兵四百人、久留米藩兵三百人、伊賀藩兵百八十人を乗せて入港し、兵と武器、弾薬を揚陸した。

山田村は、それらの兵で混雑をきわめ、兵たちが口々に青森にむかうと言っているという。

中島は、それを書面にしたためると、健脚な部下に託して箱館に急報させるため発足させた。

かれは、密偵に八百八十名にのぼる藩兵の動きを監視させていたが、藩兵は、笛、太鼓を鳴らして山田村を出発、津軽石川にそって北への道をたどり、宮古村に入った。その列を、中島は月山の見張所から見おろしていた。

二日間、藩兵は寺や民家に分宿し、娼家にも兵たちがむらがったが、密偵の報告によると村人たちの評判は好ましくないという。兵はわずかな金しか持っていず、娼家で女を抱いた後、金を払わぬ者もいて、支払いをもとめると、兵は威丈高《いたけだか》になって怒声をあげ、それに恐れをなして泣寝入りをする娼家もある。

各藩の指揮者たちも尊大で、村に対して食糧その他を無償で供出するよう要求し、村では仕方なくそれに応じているともいう。

やがて、各藩兵たちは宮古村を出発し、海岸ぞいの険しい道を北にむかった。

中島は、ひそかに密偵を尾行させた。

藩兵の列は、海岸ぞいに田老《たろう》、田野畑、普代《ふだい》、久慈《くじ》をへて野辺地につき、その地からそれぞれ定められた駐屯地に散っていった。

引返してきた密偵の話によると、藩兵の指揮者たちは、村々で荷物運搬人を徴用し、また、食糧の無償提出ももとめて不評を買ったという。

中島は、これも書面にしたためて箱館にいる土方につたえた。

藩兵たちが北にむかって出発した時、ただ一人、宮古村の宿所である常安寺に残された者がいた。備州岡山藩士の小西周右衛門で、肺病をわずらい重態であったので残されたのである。

小西は医者の治療をうけていたが、やがて、医者が危篤と診断したので、代官鵜飼衛守が、このことを北上している備州藩の者につたえるため、二人の使者に路銀十両を渡して出発させた。

使者は馬を乗りついで急ぎ、ようやく追いついて代官の書状を渡した。結局、小西は息を引取り、常安寺の墓所に埋葬された。


厳しい冬がやってきて、中島たちは、雪にうもれた見張小舎ですごしながら海上の監視をつづけていた。海は荒れ、宮古湾に入ってくる船は稀《まれ》であった。

年が明けた正月には、村で入手してきた雑煮と酒で、新年を祝った。

やがて寒気がゆるみ、雪もとけはじめて地肌があらわれた。

湾に入る船の数が増し、樹木の枝の芽がふくらみ、地表にもわずかに雑草が所々に萌《も》え出るようになった。

その頃、湾内に入ってくる船に乗る者たちの口から、品川沖で蝦夷討伐にむかう艦船の出港準備がはじめられているという話がつたわってきた。

また、艦隊に鉄張りの大きな蒸気艦が編入され、それが東京方面で話題になっているともいう。

土方歳三が、中島を長とした密偵隊を宮古にとどめたのは、やがては追ってくるであろう新政府軍の艦隊が宮古に寄港することを予想したからで、中島は、自分の任務をはたすべき時が近づいたのを知った。

かれは、見張りの者を督励し、洋上の監視をつづけた。

三月十六日午後、見張りをしていた隊士が、東方海上から蒸気船三隻が黒煙を吐きながら近づいてきている、と報告し、中島は、遠眼鏡を手に小舎から走り出て山頂に立った。

たしかに、三隻の船がつらなって進んでくる。遠眼鏡で見ると、二隻の船には砲身がみとめられ、軍艦であることを確認した。

中島は、まちがいなく新政府軍艦隊の艦船であると断定した。

三隻の船は、閉伊崎をかわして南西にわずかに舳をむけると、湾内に入ってきた。

やがて、速度をゆるめて龍神崎をかわし、鍬ヶ崎浦に入って停止して錨を投げた。中島は、淡い霧の流れる東方海上を遠眼鏡で探ってみたが、後続の艦船は眼にできなかった。

碇泊した各艦船の甲板上に人の姿がぞくぞくと現われ、しばらくすると、多数のボートがおろされて、あきらかに兵らしき者たちが浜にあがるのがみえた。

上陸が終ると、兵たちは浜に整列し、列をつくって村の家並の中に消えていった。おびただしい海猫が、艦船の周囲を雪のように舞っていた。

村に放たれていた密偵たちが、つぎつぎにやってきては情報をつたえ、あわただしく引返してゆく。情報は、次第に密度の高いものになり、夕方には、かなりの情報が中島のもとに集められた。

推測どおり二隻は軍艦で、「丁卯」（一二五トン）と「陽春」（五三〇トン）、他の一隻は輸送船「飛龍丸」であった。

「丁卯」の艦長は、長州藩士山県久太郎、「陽春」艦長は薩摩藩士谷村小吉で、なおも後続の艦船がつづいて宮古湾に入ってくるという。

中島は、一応、これだけで十分と考え、健脚の若い隊士に、新政府軍艦隊の一部が宮古湾に入ったことを土方歳三に至急つたえるよう命じて出立させた。

中島は仮小舎から一歩も動かず、さらに密偵たちからの報告を待った。

夜になれば官兵たちは、花街に押しかけて酒を飲み、女を抱き、その間に多くのことを口にする。密偵たちは、娼家の者たちと親密になっていて、かれらから兵たちが話したことをきき出すはずであった。

花街に入りこんでいた密偵たちは、翌日の夜明け前からつぎつぎ仮小舎にやってきて、耳にしたさまざまなことを中島に報告した。

それによると、品川沖で編成された新政府軍艦隊の軍艦は「甲鉄」「丁卯」「春日」「陽春」の四隻で、最初は三月一日に出発予定であった。

しかし、「陽春」の修復が七日までかかることがあきらかになったので、出港が八日に延期され、さらに九日にのび、それでも修理の終らぬ「陽春」を残して、「甲鉄」は、二隻の軍艦と「豊安丸」「晨風丸」「戊辰丸」「飛龍丸」の四輪送船をしたがえて、午前八時に品川沖をはなれた。艦隊総指揮者は、佐賀藩士の海軍参謀増田虎之助で、参謀補助は同藩士の石井富之助であった。

艦隊は、江戸湾外に出て北上しようとしたが、風雨が強く波が高いので、舳をめぐらせて湾内にもどり、横浜沖に碇泊した。

十日午前十時すぎ、艦隊は抜錨して湾外に出たが、にわかに暴風が起り、航海の危険が感じられたので再び引返し、午後八時、浦賀沖に投錨した。

天候の恢復を待っているうちに、「陽春」の修理が終了し、十二日に品川沖からやってきて艦隊に合流した。

ようやく天候も良好になったので、翌日、増田海軍参謀は、各艦船の速度に差があるので任意に出港し、次の寄港地である宮古湾に集合するよう指示した。

鍬ヶ崎浦に入港した「丁卯」「陽春」「飛龍丸」は、その第一陣であったのである。

中島は、これまでの情報を収集した密偵たちの労をねぎらい、これらの情報を書面にまとめて箱館に通報するため第二の使者を出発させた。

中島は、任務をはたせたことに満足感をおぼえながらも、後続の艦船が現われるのを見守るため監視を続行させた。

六

新政府軍艦隊の一部が宮古湾に入ったという第一報をつたえることを命じられた新選組隊士は、馬をやとうなどして、海岸ぞいの道を夜を日についで急いだ。

下北半島に入ったかれは、早船をやとって津軽海峡を渡り、十九日夜には箱館についで土方歳三に中島の書面を手渡した。

土方は、ただちに司令官荒井郁之助に書面の内容をつたえ、連れ立って総裁榎本武揚のもとに行き、報告した。

榎本は、五稜郭内に緊急の軍議を招集した。

松平副総裁と箱館にいる各奉行、さらに作戦に参加する「回天」「蟠龍」「高雄」の各艦長と、ブリュネ海軍大尉、ニコル、コラッシュ両海軍少尉も集まった。

宮古から来た密偵隊長中島登からの使者がその席に呼ばれ、あらためて新政府軍艦船の宮古入湾の実情を報告、それから軍議がひらかれた。

奇襲戦法については、すでに定められたとおりに実行することを再確認し、「回天」以下が宮古湾に突入するまでの行動について熱心に意見を交し合った。

まず、箱館出撃の日時について検討した。

奇襲は、「甲鉄」が宮古湾内に碇泊中におこなうことが基本であった。

「甲鉄」が宮古に寄港することは決定的であるが、全艦船の集結が終れば、ただちに出港して青森港にむかうはずであった。「甲鉄」を宮古湾内で襲うには、一刻も早く箱館を出撃すべきであった。

しかし、昼間、「回天」以下三艦が出港すれば、それは新政府軍の密偵をはじめ多くの者に目撃され、ただちに新政府軍側に通報されることはあきらかで、夜の闇を利して港を出てゆくのがこのましかった。

すでに三艦には出撃にそなえて弾薬、食糧、燃料、飲料水の積込みも終了しているので、明二十日の深夜十二時にひそかに出港し、宮古湾へ急ぐことに決定した。

しかし、奇襲を断行するには、「甲鉄」が宮古湾内に碇泊しているという確実な情報が欲しかった。

これについて協議した結果、宮古方面の情勢がつたわってくる地に立ち寄り、それを確認すべきだ、ということになった。

その地をどこにすべきか。地図をひらいて検討した末、久慈に近い鮫《さめ》港が適しているということに意見が一致した。

その地で「甲鉄」の宮古在泊を確認したら、一気に宮古湾へむけて南下する。湾内に侵入するのは、夜がようやく明けそめた時刻が好ましい。さらに榎本艦隊であることをさとられぬため、外国旗をかかげて進み、襲撃直前に幕府軍艦であることをしめすため日章旗をあげる。それはニコル少尉の提案であった。

これで打合わせはすべて終了したが、フランス士官側から発言があり、ニコル、コラッシュ両少尉とクラトー下士官が観戦のため同行したいという。むろん、それは艦隊側でも望むところで、ニコルは「回天」、コラッシュは「高雄」、クラトーは「蟠龍」にそれぞれ乗組むことになった。

散会したのは、夜明けに近い頃であった。

朝の陽光が、海上一帯にひろがった。

町の背後につらなる峰々は、谷に雪が残るだけで、町をおおっていた雪は消えていたが、空気は冷たく、人の呼気は白かった。

乗組員たちは上陸を許され、港内には、艦船がひっそりと浮んでいた。

出撃する三隻の軍艦には、最後の食糧、飲料水の積込みがおこなわれた。

夕刻になって、密偵隊長中島登からの第二の使者が土方のもとに到着した。

土方は、荒井にこれを報告し、新政府軍艦隊の全容を知ると同時に「甲鉄」が宮古に寄港する確信を一層深め、喜び合った。

日が没した。夜空は雲におおわれ、その切れ間からわずかに星の光がのぞいているだけであった。

夜がふけた頃、海岸に多くの人影が家並の間から湧き、かれらを乗せたボートが海岸をはなれ、碇泊している艦に横づけになる。ボートが、海岸と艦の間を往復した。

寝静まった町の海岸の所々には見張りの者が立ち、不審者がいないか眼を光らせていた。

しばらくしてボートがすべて艦に引揚げられると、三隻の艦に機関の始動する音が一斉に起った。

午前零時すぎ、「回天」がおもむろに動き出し、それにつづいて「蟠龍」「高雄」が一定の間隔をおいて湾口にむかってゆく。

三隻の艦は、ゆるやかな速度で湾外に出ると、つぎつぎに東南方に舳をむけ、急に速度をあげて進み出し、闇の中に没していった。

隠密裡の出港であったが、それをひそかに見守っていた者がいた。それはイギリス商人ブリキストンで、かれは、蝦夷討伐のため兵を集結させていた青森口総督府から金をあたえられ、榎本軍についての情報を集めて通報していた。

かれは、榎本軍の士官たちと接触して、榎本軍の内情もつかんでいた。士官たちの中には、外国人であるということでブリキストンに気を許し、時には極秘事項をもらすこともあった。

ブリキストンは、榎本艦隊の行動に強い関心をいだいていたが、士官から宮古湾にむけて出撃することをほのめかす言葉を耳にし、それが事実かどうかひそかに艦艇の動きを見守っていたのである。

三隻の艦艇が、深夜、湾外に出ていったのを見とどけたかれは、夜が明けると、青森にむけて出港する船の有無をしらべ、昼すぎに外国汽船が出港するのを知り、それに乗って青森へむかった。

三隻の艦艇は、津軽海峡をつらなって東にむかって進みつづけた。海は、おだやかであった。

夜が明け、鈍い陽光が海上にひろがった。

かねて定めたとおり、各艦では、艦長が乗組の者を甲板上に集めた。

乗組の者たちは、前夜から指揮者たちの指令に戸惑いをおぼえていた。

日没後から禁足命令が出され、深夜に海岸におもむくよう命じられてボートに乗せられ乗艦した。やがて艦は抜錨し、松前か江差へ回航するのかと想像したが、逆方向に進んでいる。

かれらは、艦長の顔をいぶかしそうな表情で見つめていた。

各艦長は、初めて宮古湾奇襲のための出撃であることをかれらに告げ、さらに、箱館湾内で繰返しおこなった調練は、「甲鉄」を分捕ることを目的としたものである、と打明けた。

「奇襲が成功するか否か、それはわが全軍の存亡にもかかわる。一同、身命を賭《と》して日頃の調練の実を発揮するように……」

艦長の言葉に、ようやく深夜の出港の意味を知った兵たちの眼は一様にかがやいた。多くの戦闘をへてきたかれらは無聊《ぶりょう》をかこっていただけに、その奇襲攻撃に参加できることに興奮していた。

「よいな」

艦長の甲高い声に、かれらは、

「おう」

と、声を和して叫んだ。

日が没した頃、艦隊は、下北半島の尻屋崎沖をまわり、軸を南にめぐらせた。

その夜も海上はおだやかで、翌朝も天候は良く、右手に陸岸を望みながら艦隊は南下した。

司令官荒井郁之助は、新政府軍の支配する地域に入ったので、幕府軍の艦であることをさとられぬため、新政府軍の標旗である菊の紋印の旗をメインマストにかかげさせた。

午前七時頃、前方に鮫港が見えてきて、艦は速度をゆるめた。

荒井は、密偵からの情報によって、その港で前年の六月二十六日に新政府軍艦「孟春」が坐礁したことを知っていた。

「孟春」は、六月三日に宮古湾に入り、船司令の中牟田倉之助が南部藩を説得中の奥羽鎮撫総督九条道孝一行との連絡をすませた後、宮古湾をはなれて北上し、鮫港に入った。その折に天候が悪化して、「孟春」は波にもまれて坐礁し大破したのである。

その前例があるので、荒井は、入港はせず、港外で投錨を命じた。

港内には、坐礁した「孟春」の残骸がみえていた。

遠眼鏡で海岸を見つめていた荒井は、兵らしい姿を眼にしなかったので、新政府軍艦隊の動きを探るためボートをおろして部下を岸に送った。

やがて、部下がもどってきて、住民たちにその動きについて聴いてまわったが、なにも知らぬという者ばかりだった、と報告した。

その頃、海岸に二小隊ばかりの兵が姿を現わし、あわただしく散開するのが見えた。なおも見守っていると、しばらくして、数名の者を乗せた小舟が岸をはなれ、こちらに漕ぎ出してくるのがみえた。かれらは、武器は手にしていないようであった。

小舟が近づいてきて、「回天」の舷側についた。

艦長甲賀源吾は、重だった者一人を甲板にあがらせるよう部下に指示し、四十年輩の袴《はかま》をつけた男が縄梯子《なわばしご》にとりついてあがってきた。

男は、艦が新政府軍所属のものと信じこんでいるらしく、甲賀の前に進み出ると、腰をかがめて鮫村の名主の漣平であると名乗った。

甲賀は、新政府軍艦隊についてなにかきいていることはないか、とさりげなくたずねた。

名主は首をかしげ、

「なにも、これと言って……」

と、答えた。

甲賀は、さらに繰返したずねてみたが、答えは同じであったので、

「そうか、それでは帰ってよい」

と、告げた。

名主は、深く頭をさげ、縄梯子をつたって小舟に降り、浜に引返していった。

甲賀から名主の話をきいた荒井と土方は、顔をしかめた。一般住民のみならず名主すらなにも知らぬということからみると、この地に新政府軍艦隊についての動静がなにもつたわっていないことはあきらかだった。

見張りをしている者が、小舟がまた浜をはなれて艦に近づいてくる、と報告した。

引返してくるのは、なにか艦側に疑念をいだいているからにちがいない、と推測した。

甲賀は、荒井や土方と話し合い、もしも、来艦した者の言動に少しでもそのような気配があった折には、かれらを捕えることに意見が一致した。

やがて、小舟が舷側についた。乗っているのは先刻と同じ者たちだという報告をうけた甲賀は、一人残らず甲板にあげるよう指示した。

縄梯子をつたって名主の後から四人の男たちが、かたい表情で甲板にあがってくると、甲賀の前に立ち腰を折って頭をさげた。

「おたずねしたきことがありまして、再度、参上いたしました」

名主が、頭をさげたまま低い声で言った。

「どのようなことか」

甲賀は、おだやかな声でたずねた。

「まことに僭越《せんえつ》至極ではございますが、御陣屋のお方からお名前をうかがってくるように申付けられましたので参りました。なにとぞお名前をおきかせいただきとう存じます」

名主が、甲賀の表情をうかがうように少し顔をあげた。

甲賀は、ただちに兵にむかって、

「一人残らず船倉にとじこめよ」

と、声をかけた。

名主たちは顔色を変え、後ずさりした。

兵たちが近寄ってかれらの腕をとったが、水主《かこ》らしい中年の男が走り出して、甲板から海中に飛びこんだ。

男を銃撃すれば、陸上の者に榎本艦隊であることをさとられるので、甲賀は、男を無視するよう指示し、他の者を船倉に押しこめた。

拘禁したのは、名主と鮫村の問屋山四郎、それに問屋甚太郎の名代安太郎、水主一人であった。

海水に飛びこんだ水主は、小舟に泳ぎついて乗ると、あわただしく櫓《ろ》をこいで浜に引返して行った。

鮫村で新政府軍艦隊についての情報を得るという目算がはずれたので、「蟠龍」「高雄」の艦長が「回天」に招かれ、軍議がひらかれた。「回天」に乗っていたニコル少尉もそれにくわわった。

かれらは互いに意見を交し合ったが、宮古湾に「甲鉄」が碇泊しているか否かを確実に知らなければ、奇襲を決行するのは危険なので、他の地に寄港して情報をつかもうということになった。

その地は、どこか。かれらは、地図をひろげて検討した。

鮫村から宮古湾に至る海岸には、三隻の艦艇を碇泊させる港などない。

「山田浦にしては……」

土方が、思いがけないことを口にした。

山田浦は宮古湾の手前ではなく、逆に南に五里（二〇キロ）すぎた位置にある。もしも、宮古湾に新政府軍艦隊が在泊していれば、見張りの者に沖をすぎる榎本艦隊は発見される。その眼をかすめるには、むろん、夜間に宮古湾沖を通過しなければならない。

土方は、山田浦以外に考えられぬと言って、山田湾内の地図を指さした。

湾は奥深く、十分に三隻の艦艇を碇泊させることができ、しかも、湾内にある大島、小島のかげに艦をひそませれば、海上から発見されることもない。

たしかに宮古湾に近い山田浦ならば、宮古湾に「甲鉄」が在泊しているかどうかは確実に把握することができる。

軍議は一致し、山田浦に入って実情をたしかめ、それによって行動を起すことに決した。

「蟠龍」「高雄」の各艦長は、それぞれ自分の艦にもどり、「回天」は抜錨し、「蟠龍」「高雄」もそれにならって、各艦は南にむかって進みはじめた。

海上には、靄《もや》が立ちこめていた。

夜に入ると、南東の風が強くなり、艦にそなえつけられていた晴雨計が低下しはじめ、低気圧が北上していることをしめしていた。

やがて、雨が落ちてきて、風が激しさを増し、波浪が急速に高まった。

艦は、うねる波の頂きに舳を押しあげられ、次には波の谷間に突っ込む。波が激突してきて、船体は鋭いきしみ音をあげた。

「回天」の機関の馬力は強いので、突き進んでくる波浪にむかって直進することができたが、推進力の弱い他の二艦は、横波をうけるのを恐れて安定度をたもつため波にまかせて漂い、いつの間にか各艦は、闇の中ではなればなれになった。

そのうちに、「回天」の外車輪の覆いが音を立ててはがれ、飛び散った。そのため直接、外車輪が激浪にさらされるようになったが、車軸は頑丈で、車輪は回転をつづけていた。

波浪が船体をふるわせ、甲板上を急流のように洗う。そのうちに三本マストのうち、二本が同時に折れて波に持ち去られた。

夜が明け、「回天」では荒井たちが僚艦を探ったが、荒れ狂う海上にその姿を眼にすることはできず、陸岸が、かすかに西方向にみえるだけであった。

その日も風波は少しも衰えをみせず、「回天」は、波にのしあげられ、落ちこむことを繰返しながら、南へ進んでいった。

翌二十四日の朝を迎え、波は高かったが風雨はやみ、雲の切れ間から陽光がさした。

「回天」は、陸岸から遠くはなれていたので、陸岸方向に舳をむけて進んだ。

やがて、はるか前方に山田湾の湾口を望見することができる位置に達した。

その時、前檣《ぜんしょう》の見張りの者が、

「東方に煤煙《ばいえん》見ゆ」

と、叫んだ。

荒井たちは、その方向に遠眼鏡をむけた。

一条の煙が水平線上にかすかにみえる。新政府軍艦隊の船か、それとも外国汽船か。

その煙は、徐々にこちらの方向にむかって近づいてくる。

やがて、船体の輪郭もはっきりしてきて、三本マストと短い煙突が突き立っているのが見えた。

「高雄だ」

遠眼鏡に眼を押しあてていた荒井と甲賀の口から、同時に声がもれた。

甲板上に、歓びの声があがった。

両艦は、接近した。

「高雄」の甲板上でも、乗組の者たちが手をふっている。船体にはなんの損傷もないようだった。

甲賀艦長は、

「ワレニ続ケ」

の旗旒《きりゅう》信号をあげさせ、舳を山田浦の方にむけた。

「高雄」は、「回天」の後方につきしたがった。

さらに、荒井司令官は甲賀艦長に指示して、「高雄」に対し、用意の外国旗をかかげよ、と信号を送り、「回天」の大檣《たいしょう》にもアメリカ国旗がひるがえった。それにつづいて「高雄」のマストには、ロシア国旗がかかげられた。

両艦は、つらなって山田湾口に進み、湾内に入ると奥に進んだ。

湾内は湖のようにおだやかで、大、小の島がうかび、その風光は美しい。「回天」は、「高雄」とともに島のかげに入って停止した。

不意に、甲板上の者たちの間からどよめきに似た声が起った。

かれらの視線は、一様に湾をかこむなだらかな傾斜地にむけられていた。

そこには、驚くほど鮮やかな黄の色が明るい陽光をあびてひろがっていた。咲き乱れた菜の花の色であった。

山に雪が残っていてまだ冬の季節の中にある箱館の陰鬱《いんうつ》な情景を見なれていたかれらの眼に、傾斜地をおおう黄の色は鮮烈なものに映った。山田浦はすでに春の季節に入っていて、梅や桃の花もみえ、すべてが明るい。海上を渡ってくる微風も温かかった。

乗組の者たちは、目前にせまる新政府軍艦隊との戦闘も忘れたように、手すりにもたれて菜の花をながめていた。

両艦が投錨したのは、山田湾の北部の大沢村の前面の海であった。

荒井司令官は、土方、甲賀と話し合い、土方が添役の新選組隊士野村理三郎と上陸して村民から宮古湾の情勢をさぐることになった。

ボートがおろされ、土方は、野村とともに浜にむかった。

海岸には、外国船の入港に驚いたらしい村民たちが集っていたが、ボートが近づいてゆくと、恐れをおぼえたらしく走り去って、人の姿は消えた。

浜にあがった土方と野村は、近くの漁師の家に行って中をのぞきこむと、おびえた眼をした漁師らしい男が立っていた。

「やとい入れた外国船に乗ってきた官軍の者だ。だれか重だった者を連れてくるように……」

野村が、おだやかな口調で言った。

男は、うなずくと家を小走りに出て行った。

やがて、庄屋だという男が、村人数名とともにやってきた。

野村は、アメリカ艦に同乗している官軍の者だ、と再び告げ、乗組の者の疲労をいやすために入港しただけで上陸する予定はない、と言った。

男たちは、警戒をといたらしくうなずいた。

野村は、

「宮古に寄港するつもりでいるが、宮古はどのような状態だ」

と、たずねた。

庄屋は、

「官軍様の軍船が数艘、錨をおろしております」

と、答えた。

野村が、さらに艦の大きさその他についてきいていることはないか、と問うた。

村人たちは、いずれも蒸気船で大船もまじっている、と、口々に言った。その数は八隻だともいう。

野村はうなずき、終始、無言であった土方とともに浜にもどってボートに乗った。

二人が「回天」にもどると、すぐに、「高雄」の艦長古川節蔵と軍艦役小笠原賢三、コラッシュが「回天」に呼ばれ、艦内で軍議がひらかれた。

一同、「甲鉄」が宮古湾に在泊していることを喜び、ついで、行方知れずとなっている「蟠龍」について話し合われた。

「蟠龍」は、むろん山田湾が襲撃前の集結地になっていることは承知しているが、今もって姿をみせないのは、荒天で故障を生じ、その修理に手まどっていると推測された。

やがては「蟠龍」も姿をみせるだろうが、それを待つべきかどうか。

議論は沸騰し、作戦計画どおり「蟠龍」をくわえた三艦で攻撃するべきだという意見と、いたずらに「蟠龍」の来着を待てば、その間に「甲鉄」をはじめ新政府軍艦隊が出港することが十分に予想されるので、「回天」「高雄」の二艦で襲撃を敢行しようという意見にわかれた。

結局、後者の意見を支持する者が多く、二艦のみによって決行することに決定した。

あらためて、両艦の作戦任務が再確認された。

「高雄」は「甲鉄」に接舷して、斬込隊が「甲鉄」に突入し、その間、「回天」は他の新政府軍艦隊を制圧する。

宮古湾内に侵入するのは、予定どおり黎明《れいめい》とし、それまで山田湾に碇泊していると新政府軍艦隊に察知される恐れがあるので、そうそうに抜錨と決した。

ニコル少尉は、斬込隊の士官たちに最後の訓示をしたいと発言し、それをいれた荒井司令官は、「高雄」にいる士官たちを「回天」に招いた。

士官たちを前に、ニコルは、

「アボルダージ・ボールディング」

と、叫ぶように言った。

ニコルは、たどたどしい日本語とフランス語をまじえて、甲高い声で襲撃方法について重ねて説明した。

斬込隊は、白鉢巻、白襷《しろだすき》などをつけて同士討ちを避ける。「高雄」が「甲鉄」に接舷すると同時に斬込隊が一斉に敵艦の甲板に躍り込み、おのおの受持ちの部署で戦う。

一隊は急いで艦員出入口を確保し、甲板下から出てくる者は討取り、降伏する者は殺さず武器を捨てて出てくることを命じる。

「諸君、全力ヲツクセ」

ニコルは、フランス語で叫んだ。

士官たちは、顔を紅潮させ、口々に身命を賭して戦うことを誓い合った。

それを見ていた兵たちも、興奮して銃や刀をあげた。

宮古湾までは海上五里で、いったん遠く沖合に出て、夜の間に宮古湾に近づくことになった。

午後三時、「回天」につづいて「高雄」は錨をあげ、湾口にむかって動き出した。

おびただしい海猫の群れが、啼声をあげながら両艦の後を追う。

「回天」は湾外に出ると東の方向に進み、その後から「高雄」がつづき、その艦影は次第に小さくなっていった。

七

榎本艦隊の「回天」「蟠龍」「高雄」が箱館湾を出撃した三月二十一日、宮古湾内には新政府軍艦隊の輸送船「晨風丸」が入港し、これによって全艦船の集結が終っていた。旗艦「甲鉄」をはじめ軍艦「春日」「丁卯」「陽春」、輸送船「豊安丸」「飛龍丸」「戊辰丸」「晨風丸」の八隻であった。

「回天」ら三艦が、鮫村沖に碇泊した二十二日、新政府軍艦隊の総指揮官の海軍参謀増田虎之助は、天候が良好なので青森にむかって全艦船に出港を命じた。

ただし、各艦船の速力には差があるので、出港時刻については艦船長の意志にまかせた。

しかし、午前十時頃から天候がにわかに一変して晴雨計も低下しはじめたので、協議の結果、その日の出港を見合わせた。

案じたとおり、正午頃から海上一帯に濃い靄が立ちこめ、視界はとざされた。さらに夕方から雨が落ちてきて、風も強まり、夜半には暴風雨となった。

翌日も風雨が激しく、波も高いので、艦隊は、そのまま湾内に碇泊をつづけた。

「回天」と「高雄」が山田湾に入港した翌二十四日、波は高かったが、風もやんだので、増田海軍参謀は、各艦船に任意に出港して青森にむかうよう命じた。宮古湾碇泊が少し長びいていることに、増田は、苛立《いらだ》ちを感じていたのである。

しかし、波のうねりが依然として高く、やがてはしずまることが予想されたので、各艦船は、その日も湾内にとどまり、翌日に出港とさだめた。

「回天」ら三艦の箱館出港を告げるイギリス商人ブリキストンの通報をうけた青森口総督府は、その行先が宮古湾らしいということに愕然《がくぜん》とした。

宮古湾には、新政府軍艦隊が集結していて、榎本艦隊が宮古湾を攻撃するために出動したと推測された。

総督府は、一刻も早く、このことを宮古湾に碇泊している艦隊に通報しようとし、たまたま、青森港にあったイギリス汽船「アルビオン号」が横浜にむけ出港するのを知って、府吏を乗船させた。

しかし、同船の出港はおくれ、さらに悪天候によって航行がさまたげられて、その日には、まだ宮古から遠くはなれた海上を南下していた。

宮古湾に碇泊している新政府軍艦隊の出港は翌日と決定したので、宮古最後の夜ということで、各艦船の艦船長と士官たちの大半は上陸して、娼婦とともに夜をすごすため花街に足をむけた。

その中で、薩摩藩の軍艦「春日」のみは、艦長赤塚源六の指示で士官を上陸させはしたが、宿泊することは許さなかった。

日が没した頃、久慈方面で情報収集にあたっていた新政府軍の密偵が、艦隊の本営がおかれた船問屋の和泉屋に訪れてきた。

かれは、二日前の三月二十二日に、榎本艦隊所属と思われる軍艦三隻が鮫村港外に投錨し、やがて、南にむかって去ったという情報を得た、と報告した。

本営には、青森口総督府の陸軍参謀として赴任途中の薩摩藩士黒田了介（後の総理大臣、黒田清隆）もいたが、かれはその報告を耳にして艦隊参謀補助の石井富之助に、

「海上を哨戒するフネを出さぬのですか」

と、問うた。

石井は、

「南部藩はわが官軍に反抗し、いわばその藩領は敵地にひとしい。敵方の者が故意に流した虚報である。哨戒艦など出す必要はない」

と、答えた。

それでも、一応、密偵からの通報があったのだから警戒すべきだ、と黒田は強く主張し、石井をはじめ艦隊の幕僚たちは反論して激論になった。

佐賀藩士である石井にしてみれば、とかく新政府軍の主導権をにぎる薩摩藩士に対する反感が強く、海軍のことに陸軍参謀の黒田が口を出したことに憤りをおぼえたのである。

黒田も屈せず主張をつづけ、長い間、激しい言葉が交された。

黒田は、遂に口をつぐみ、

「海軍とは左様なものか」

と、つぶやき、席を立った。

すでに、夜はふけていた。


翌三月二十五日午前零時、山田浦から遠く沖に出ていた「回天」と「高雄」は、反転して、宮古湾にむけてひそかに進んでいた。

波はしずまってべた凪《なぎ》になり、夜空は満天の星であった。

「回天」の見張りの兵が、後からつづいてきた「高雄」の姿を見失った、と当直の士官に報告した。

甲賀艦長は、「回天」を引返させるよう命じ、やがて、星明りに「高雄」の艦影が見えてきた。「高雄」は停止していた。

「回天」が近くに寄ると、「高雄」の古川節蔵艦長が、機関に故障を生じ、続航することは不可能だと大声でいった。

甲賀は、愕然とし、顔色をうしなった。

荒井司令官や土方歳三も甲板に出てきて、洋上に漂う「高雄」を呆然と見つめていた。古川艦長の説明で、「高雄」の故障は、容易に修復できないものであることがあきらかになった。

荒井は、ためらうことなく決断をくだした。

奇襲を成功させるには、夜明け前に宮古湾口に達しなければならない。その時刻をすぎて明るくなれば、艦の姿が敵の眼にさらされ、「回天」であることがさとられてしまう。一刻の猶予も許されず、「高雄」を残して、単艦で突入すべきだ、と荒井は言った。

甲賀も、

「成敗は天にある。事にのぞんで自らの本分をつくし、それによって斃《たお》れることあるも、男児の本懐である」

と、張りのある声で言った。

土方も、もとより賛成で、単艦突入に決した。

「回天」は、「高雄」のかたわらをはなれ、速度をあげて西へ進んだ。

「甲鉄」に斬込むのは「高雄」に乗っている者たちと予定されていたが、「高雄」が奇襲に参加できなくなったので、「回天」に乗組んでいる者たちが斬込むことになった。

「甲鉄」に躍りこんで乱戦になった折に、同士討ちを避けるため、肩に白布をつけることにした。

すぐに斬込隊員に予定された者たちに白布が配布され、かれらはそれを裂いて肩に縫いつけた。

両舷の砲に砲弾が装塡《そうてん》され、マストにのぼっている者には手投げ弾が渡された。また、かねての計画どおり、三本のうち残された一本のマストにアメリカ国旗をかかげた。

前方に淡く陸岸が近づき、宮古湾口がみえてきた。空は星におおわれ、海上には夜の色が濃い。

甲板上には、深い静寂がひろがっていた。斬込隊員は、大刀の鞘《さや》をつかんで船側に身をかがめている。回転する両舷側の外車輪が海水をはねさせる音と、船内から起る機関の音がしているだけであった。

夜空が青みをおびはじめた頃、「回天」は湾口に達し、湾内に進入した。

やがて、前檣にのぼっていた見張りの新宮勇が、

「戊辰丸見ゆ」

と、遠眼鏡を眼にあてたまま報告し、しばらくして、

「艦船八隻見ゆ。甲鉄あり。甲鉄は二檣、煙突は一本にして短し」

と、叫んだ。

期待どおり、新政府軍艦隊は在泊し、目ざす「甲鉄」も碇泊していたのだ。

艦橋には、甲賀艦長が見習士官の安藤太郎をしたがえて立ち、かたわらに荒井司令官とニコル海軍少尉がそれぞれ遠眼鏡を眼に押しあてて立っていた。

夜が明けはじめ、甲賀たちの眼にも八隻の艦船の姿がはっきりと見えてきた。

鍬ヶ崎港の港口に最も近い海面に、右手に軍艦「春日」、左手に輸送船「戊辰丸」が碇泊し、その中央に「甲鉄」が艦首を南にむけてうかんでいる。

最も近い海面に「甲鉄」がいるのは、攻撃するのに好都合で、甲賀は、天佑だ、と思った。

甲賀は、それらの艦船の甲板にいる男たちに遠眼鏡をむけた。

新政府軍艦隊では、午前四時三十分に起床を命ずる「総起鼓」の小太鼓が打ち鳴らさ

れて、乗組員たちは甲板に出ていた。

かれらは、アメリカ国旗をかかげる「回天」をアメリカ艦と思いこんでいるらしく、こちらに眼をむけているが、おだやかであった。三本マストの「回天」のマストが一本だけになっているので、「回天」とは気づかぬらしく、手すりに体をもたせかけたり、腕の上に顎《あご》をのせてながめている者もいた。

事実、かれらは、海軍の先進国であるアメリカの軍艦が投錨する情景を見物しようと、興味深げにながめていたのである。

甲賀は、左舷をこちらにみせている「甲鉄」に艦を直進させた。

「回天」は、外車輪が両舷に突き出ているので、「甲鉄」にぴったり横づけすることは出来ない。それに、両艦とも舳に帆桁（斜檣）が突き出ている。

甲賀は、艦を急速に接近させ、激突する直前、急に左へ旋回させて機関をとめ、少し後退させた後、ゆるやかに前へ進めさせた。「甲鉄」の左舷に艦をすり寄せようとする巧みな操艦であった。

しかし、艦の舳に突き出ている斜檣が、「甲鉄」の縄梯子に突きこんでしまい、横づけにすることはできず、舳の部分がわずか「甲鉄」に接するだけになった。

甲賀は、マストのアメリカ国旗を急いでおろさせ、その代りに日章旗をあげさせると、

「撃て」

と、命じた。

その瞬間を待っていた砲手が、実弾と霰弾《さんだん》を二重ごめにした五十六斤砲を発射、轟音《ごうおん》とともに砲弾が「甲鉄」の船腹に命中した。が、鋼鉄張りの船板をつらぬくことはできず、はね返って海中に落ちた。

「甲鉄」の艦上に、大混乱が起きた。

乗組員たちは悲鳴をあげて四散し、甲板から海に飛込む者もいれば、這って構造物のかげにもぐり込む者もいる。

「回天」の舷側にひそんでいた者たちが一斉に姿を現わし、「甲鉄」の甲板を走りまわる者たちに銃撃を浴びせ、たちまち硝煙があたりを煙らせた。

銃撃は、「甲鉄」の右舷と船首に集中し、また、哨兵は、マストの上から手投げ弾を投げつけた。

五十六斤砲は火を吐きつづけ、「甲鉄」の甲板に炸裂する。

「甲鉄」乗組の者たちは、左舷に身をかがめてはりつき、信号手は、他艦に対して、

「蒸気機関ニ点火セヨ」

の信号旗をマストにあげた。新政府軍艦隊の各艦船は、出港命令が出ていなかったの

で機関の火を落していたのである。

甲賀艦長は、艦をさらに前進させて舳を「甲鉄」に乗り上げさせ、あたかも両艦はT字型になって接した。

「斬込め」

土方が、叫んだ。

斬込隊は、舳に競い合うように走り寄ったが、「回天」の上甲板は、「甲鉄」の上甲板より一丈（約三メートル）も高く、「甲鉄」の甲板ははるか下方だった。

それに、「甲鉄」の後部にとりつけられているガットリング機関砲が発射をはじめていた。六本の銃身が束状になっていて、ハンドルを旋回すると一分間に百八十発の大弾丸を連続的に発射する新鋭火砲で、弾丸が「回天」の甲板上を薙《な》いだ。

斬込隊は、「甲鉄」に突入するには、一丈も下方にある甲板にとびおりねばならず、一様にためらった。

かねてから「自ら先頭一番」と言って部下をはげましていた一番分隊長一等測量の大塚波次郎が、刀をふりかざして、

「一番」

と叫んで、「甲鉄」の甲板にとびおりた。

新選組の野村理三郎、彰義隊差図役笹間金八郎、同差図下役加藤作太郎ら指揮官クラスの者が、大塚につづいてとびおり、それにうながされて他の者も身をひるがえした。ガットリング砲は、その部分に集中し、「甲鉄」の舷側に伏していた者たちも、小銃を発射し、短槍でとびおりてくる者を刺す。

「回天」から斬込んだ者たちは白刃をふるい、短銃の引金をひくが、大塚が胸から腰にかけて銃弾を浴びて倒れ、野村、笹間、加藤もつづいて即死した。

近くに碇泊する軍艦「春日」からは、小銃弾が「回天」に集中した。「回天」が「甲鉄」と同じ個所にいるので、「春日」をはじめ他艦は砲撃することができなかった。

ガットリング砲は、「回天」の艦橋にもむけられ、その弾丸は甲賀艦長にしたがっていた見習士官安藤太郎の腕を射ぬき、つづいてニコル少尉の太腿《ふともも》も貫通した。

荒井司令官はニコルをかかえ、兵が安藤の体をささえてそれぞれ艦内に運びこんだ。

「甲鉄」の甲板上では、死闘がつづけられていた。頭部の飛び散った遺体が横たわり、ちぎれた足や腕がころがっている。血が、所々に太い流れになっていた。

甲賀は血を浴びながらも、砲手に「甲鉄」の甲板に発射を命じていた。砲弾は、甲板をつらぬき、機関室に達して多くの兵を斃した。

硝煙があたり一帯に濃く立ちこめ、かすかに見えかくれする「回天」の艦橋に、「甲鉄」と「春日」からの銃撃が集中した。

たちまち、甲賀は左の腿を射ぬかれ、右の腕も傷ついたが、膝をついたまま部下をはげまして指揮をつづけた。

そのうちに、ガットリング砲の機銃弾が甲賀のこめかみに命中、脳が飛び散り顔面がうしなわれた。

「甲鉄」と「回天」の甲板上には、累々と死体がころがり、傷ついた者が身もだえしていた。

ニコル少尉を艦内に運んで艦橋にもどった荒井司令官は、甲賀艦長が惨死しているのを眼にし、代って指揮をとった。

しかし、「甲鉄」分捕りはおろか、このままとどまれば犠牲はさらに増し、港内碇泊の各艦艇が接近してきて、逆に「回天」が敵の手中におちることはあきらかだった。

荒井は、「回天」の舳部分はそこなわれているが、船体に被害はないのを確認し、脱出を決意した。

かれは、機関室に、

「機関運転後退」

と叫び、舵取水夫小頭半七を振返って、

「良く舵を取れ」

と、命じた。

その瞬間、半七は顔を射ぬかれて倒れた。

「回天」が「甲鉄」からはなれかけた時、「甲鉄」から「回天」に辛うじて移った者が二人いた。

一人は、彰義隊士伊藤弥七で、かれは「甲鉄」におどりこんでから帆布を盾《たて》に短銃で数名を狙撃し、「回天」に飛び移った。奇蹟的にかすり傷も負っていなかった。

他の一人は水兵渡辺某であった。

かれは、大砲をあつかう棍棒を手に「甲鉄」の兵たちを倒し、「回天」に乗り移る時、着衣を斬られたが、これも無傷であった。

荒井司令官は、半七に代って舵をとって「甲鉄」から巧みに艦をはなし、走り寄った水夫頭の合木藤蔵が荒井と交替して舵をつかんだ。

「回天」は、舳をめぐらし、湾口にむかって全速力で進みはじめた。

「甲鉄」から「回天」がはなれたので、近くにいた軍艦「春日」の左舷一番砲の六十斤砲が発射された。その受持士官は二十三歳の薩摩藩士東郷平八郎（後に元帥）であった。

その一弾は、「回天」左舷を貫通したが、航行に支障はなかった。

新政府軍艦隊の各艦は追撃しようとしたが、機関の蒸気圧はたかまらず動くことはできなかった。

「回天」は、黒煙をなびかせ、外車輪をまわして湾口を出ると、外洋に出た。

艦は、北に針路をさだめた。

被弾したのは、「春日」から放たれた一発だけだったが、ガットリング機関砲と小銃の弾丸の痕《あと》はおびただしく、煙突などは蜂の巣のようになっていて、そこから煙がもれている。舳は、「甲鉄」に激突させたためにくだけて扇状になっていた。

甲板上には、死体がころがり、負傷者が呻《うめ》き声をあげていた。

後方から追撃してくる艦がないのを確認した乗組の者たちは、戦闘部署をはなれて、負傷者の収容にとりかかった。

前檣の見張員が、

「高雄、見ゆ」

と、叫んだ。

甲板に立っていた荒井が、東方海上に眼をむけると、半里（二キロ）ほどの位置に三本マストの「高雄」が見えた。

荒井は、艦をその方向にむかわせ、信号員に命じて、旗旒信号で、

「戦サ、スデニ終レリ。ワレニ従ヒ、箱館へ帰レ」

と、指示した。

「高雄」は、まだ機関の故障が修復できぬらしく停止している。

荒井は、「高雄」が独力で箱館に引返すことは不可能であると察し、

「ワレ、曳《ヒ》キ行カン」

と、信号を送った。

これに対し、「高雄」からは、

「風アレバ、敢テ曳カルルニ及バズ」

という旗旒信号が返ってきた。

蒸気艦は、蒸気機関によって航行すると同時に、マストに帆をあげて走ることもできる。たしかに風は東南で、「高雄」が帆走することは可能だった。

荒井は諒解し、舳を北へ転じさせた。

艦は、断崖絶壁のつづく陸岸ぞいに北に進みつづけた。空は晴れ、海面は陽光に輝いていた。

死者の調査がはじめられた。

海軍部関係では、
艦　長　　甲賀源吾
軍艦役　　矢作沖麿
軍艦役並　渡辺大蔵
一等見習　筒井専一郎
二等見習　小幡忠甫
同　　　　柴山　昇
舵取　　　半七
陸軍部関係では、
神木隊　三宅八五郎
同　　　川島金次郎
同　　　古橋丁蔵
同　　　酒井鏰之助
負傷者は、海軍部で、

ニコル海軍少尉
軍艦役並　新宮　勇
二等見習　布施　半
同　安藤太郎

陸軍部で、
新選組　相馬主計
陸軍奉行添役　大島寅雄
神木隊長　酒井良祐

このほか、姿が見えぬ者がしらべられ、それらは、「甲鉄」に斬込んで戦死した者と断定された。その氏名は、

海軍一等測量　大塚波次郎
新選組　野村理三郎
彰義隊差図役　笹間金八郎

同下役　加藤作太郎

これによって、死者十五名、負傷者七名であることが判明した。

甲板は、血ですべりやすかったが、やがて、血がかわいて黒いしみのようになった。

午後二時頃、前檣の見張員が、

「前方に船見ゆ」

と、報告した。

北方海上に、黒煙が見え、次第に近づいてくる。

荒井と土方は、遠眼鏡でその方向を見つめていたが、やがて見張員が、

「船は蟠龍のごとし」

と、叫んだ。

二本マストと煙突の船は、まちがいなく「蟠龍」で、三日前の深夜、暴風雨の中で姿を見うしなって以来の出会いであった。機関が故障し、その修理も成って、「蟠龍」は、三月二十四日、集結地の山田湾附近まで来たが、「回天」にも「高雄」にも会わなかったので、鮫港に引返し、翌日、再び南下中に「回天」と出会ったのである。

「蟠龍」に近づいた「回天」は、「高雄」に対したと同じ旗旒信号をかかげ、曳航する

こともつたえた。

しかし、「蟠龍」からは、

「自力ヲ以テ、箱館ニ帰ルベシ」

という信号が返ってきた。

そのため、「回天」はそのまま北へ進み、「蟠龍」は反転して「回天」に続航した。

日が没し、空には冴えた星がひろがった。

両艦は、つらなって北上をつづけた。

二十六日の朝が明けた。

「回天」は下北半島ぞいに北へ進んでいたが、見張りの者が、突然、

「南方海上に煤煙さかんに見ゆ」

と、報じた。

後方についてきている「蟠龍」の機関は不調で速度がおそく、その速度と合わせていた「回天」の艦上からは、南の方向に数条の煙があがっているのが肉眼でもはっきりと見えてきた。

それらは、宮古湾を発して追ってきた新政府軍艦隊である公算が高く、荒井司令官は、甲賀艦長代行の軍艦頭並根津勢吉と話し合い、戦闘準備を下令した。

ただちに、五十六斤砲に実弾が装塡され、各砲をかたく縛っていた綱をとき、故障個所をつくろって戦闘配置についた。

後方にみえる船は二隻で、さらに近づき、下北半島東北端の尻屋崎をまわる頃には、「甲鉄」と「春日」の艦体も見分けられるまでになった。

津軽海峡に入った「回天」と「蟠龍」は、北西に針路をさだめて進んだ。そして、後方から近づく艦を見守っていたが、「甲鉄」と「春日」は西へ進み、徐々に遠ざかってゆく。

荒井司令官は、戦闘配備を解除させた。「甲鉄」と「春日」は、「回天」「蟠龍」を追撃してはきたが、箱館まで追って戦闘するには、多量の燃料を必要とする。そのため、追撃を断念して青森に直航するにちがいない、と、荒井は判断したのだ。

その推測どおり、「甲鉄」と「春日」は、徐々に青森方面に遠ざかり、やがて煙も見えなくなった。

「回天」と「蟠龍」は、蝦夷の汐首岬沖をすぎ、やがて見えてきた箱館港口に近づき、速度をゆるめて港内に入っていった。

午後三時すぎであった。

八

「回天」が「甲鉄」を奇襲したのは午前五時で、三十分間の戦闘の後、宮古湾口にむかって退避している。

奇襲時に、新政府軍艦隊の旗艦「甲鉄」をはじめ「春日」「陽春」「丁卯」の四艦は、すべて缶《かま》（機関）の火を落とし、煙突に雨水の入らぬようふたまでしていた。襲撃をうけた各艦は、急いで缶を焚き、「回天」追撃のため蒸気圧をたかめるのにつとめたが、各艦の機関が作動して鍬ヶ崎浦を出港したのは、「回天」が去ってから二時間近くも経過した午前七時二十分であった。

「甲鉄」の速度より二倍も速い「春日」は、一六ノットの快速を利して先行し、宮古湾外に出ると、「回天」を追って全速力で北にむかった。

姉ヶ崎沖をすぎ、田老村の真崎、明神崎をへて田野畑村の水尻崎《みつしりみさき》の沖に至った。

その附近の陸岸は、切り立った断崖がつづいていて、所々にみえる滝も途中から水が散っていて岩肌を黒々と濡らしている。甲板上にいる乗組の者たちは、他に類をみない断崖美に眼をみはっていた。

羅賀《らが》の集落が、せまい海岸にへばりつくようにみえ、「春日」はそれを左手にみて弁天崎をまわった。奇岩が海面に所々突き立っていて、景観の美しさはさらに増した。

矢越岬沖をすぎた時、檣楼の見張りの者が、

「前方に船」

と、叫んだ。

艦橋に立っていた艦長赤塚源六たちは、遠眼鏡をその方向にむけた。

北方二里（八キロ）ほどの黒崎沖に三本マストの船が見え、その船形から榎本艦隊所属の「高雄」であることを確認した。

煙突から煙は吐かれていずマストに帆があげられているのは、機関が故障し帆走していることをしめしていた。さらに「高雄」は、右に左に舳をむけて蛇行している。それは逆風に対する帆走法で、「高雄」は、風が北に変化していたので蛇行しながら「回天」を追って進もうとつとめていたのだ。

「春日」は、急速に「高雄」に突き進んだ。

それを認めた「高雄」は北へ進むことをやめ、舳をめぐらし、東南方にむかって走り

はじめた。

風は強く、それを帆にうけた「高雄」の速度は急に増した。「春日」はそれを追ったが、「高雄」との距離はちぢまらず、「高雄」は、宮古湾方向に走ってゆく。

その時、「春日」の後ろからついてきていた「甲鉄」「陽春」の二艦が、前方から「高雄」に近づいてきた。

両方向からはさまれた形になった「高雄」は、舳を陸岸方向にむけてのがれてゆく。「高雄」は、弁天崎沖をまわり、西にむかってかなりの速度で進んだ。その前方には、羅賀の集落がみえた。

北からは「春日」が、南方からは「甲鉄」「陽春」が追ってくる。羅賀にむかった「高雄」は、急に右方向の陸岸に舳をむけると、そのまま直進して岩礁の上に乗り上げた。その地は、羅賀の石浜であった。

「高雄」に乗っていた者たちは、あわただしく岩礁の上を岸にあがり、岩肌をつたわって樹林の中に入ってゆく。その中にはコラッシュ少尉もまじっていた。

艦長古川節蔵は、「春日」の急追をうけ、さらに「甲鉄」ら二艦が北上してくるのを見て、軍艦役の小笠原賢三と話し合い、到底のがれられぬことをさとって自沈を決意したのだ。

かれは、艦が岩礁に乗り上げると、乗組員に対して総員退去を命ずると同時に、艦に火を放つことを指令し、それを見とどけて小笠原とともに上陸した。

それに気づかぬ「春日」は、暗礁にのりあげた「高雄」にむかって進み、十五町（一・六キロ強）ほどの距離に近づいて砲弾を発射した。

砲弾が、岩壁にあたって岩がくだけ散り、それが水しぶきをあげて海に落ちる。「高雄」の近くの岩礁にも、砲弾が落下した。

しかし、「高雄」からはこれに応ずる砲撃はなく、人の姿も認められない。

警戒しながら進んだ「春日」は、「高雄」に接近して動きをとめた。

「高雄」を見守っていた赤塚源六艦長は、乗組の者たちが艦を放棄して陸に逃げたと察し、ボート二艘に兵をのせ、艦内を探るよう命じた。

その頃、「甲鉄」「陽春」も近づいてきていた。

ボートが進み、「高雄」に接舷した。

赤塚たちは、兵が艦内に入るのを見つめていたが、やがて、ボートの一艘が引返してきた。

「春日」の舷側についたボートの指揮者が、「高雄」には一人もおらず、艦内に火災が生じているので、消火するよう指示したことを報告した。

ボートは、すぐに「高雄」に引返していった。

しばらくして、また、ボートがもどってきて、指揮者が、甲板から身を乗り出した赤塚艦長に報告した。火を消して機関その他をしらべたが、機関室の下方二カ所に穴があいていて、浸水している。艦は使用不可能なので、船体に火を放って焼き捨てる以外にないと思うが、指示を得たい、という。

赤塚艦長は、旗艦「甲鉄」に乗る海軍参謀増田虎之助の指示を請うため、信号を送った。

これに対して、「甲鉄」から、

「分捕リ品ヲ収容シ、船ヲ焼棄セヨ」

という信号が返ってきた。

その指令にしたがって、ボートは引返していった。

陸に逃げた「高雄」乗組の者を追撃することになり、「春日」に乗っていた陸軍参謀黒田了介と村橋直衛、池田次郎兵衛、調所《ずしょ》藤内左衛門が、陸兵三十人余をひきつれてボートに分乗して岸にあがった。

かれらは、樹林の中に入り、足跡をたどって追っていった。

やがて、人の姿を発見し、包囲して銃撃を浴びせた。

近づくと、一人が銃弾をうけて死亡し、他の一人が降伏の意をしめした。

黒田は、捕えた者を連行して海岸に引返した。生捕りになったのは河路正三郎で、射殺されたのは森喜之輔であった。

河路を訊問すると、「高雄」を捨てて逃げたのは艦長古川節蔵以下九十六名で、その中にフランス海軍士官コラッシュもまじっているという。

黒田は、ボートで「甲鉄」に行き、海軍参謀増田虎之助の指示を仰いだ。

増田は、「回天」を追撃するのが艦隊の任務であるので、「高雄」艦長らの召捕りは南部藩に命ずることに決した。

増田は、南部藩主南部利恭宛の捜索指令書をしたため、村役人に至急、この手紙を盛岡へとどけるよう命じた。この間、「高雄」からは、ライフル銃、火薬、槍とアメリカ、フランス、ロシア、イギリス、ポルトガルの各国旗、日の丸大旗などが押収された。

各艦は抜錨、「回天」を追って北進をはじめた。

「高雄」が羅賀の石浜に乗り上げた時、それを目撃していた三十人ほどの田野畑村の男たちがいた。

かれらは、田野畑村羅賀の弁天崎沖五〇〇メートルほどの海面にある定置網場で、三艘の漁船に分乗してフグリ作業をしていた。籐《とう》の蔓《つる》でつくった籠に石をつめたものを、定置網にむすびつけて沈め、網を海中に固定させる作業であった。

作業をしていたかれらは、突然、大型船が弁天崎のかげから姿を現わし、近くの石浜に乗り上げたのに仰天した。坐礁した船から武士たちが急いで陸にあがり、崖をよじのぼったりして北方の普代村方面にむかって逃げてゆくのを、かれらは呆然と見つめていた。

そのうちに海上に黒船が現われ、近づくと坐礁した船に砲弾を発射した。今まで耳にしたこともない轟音と岩壁を砕くすさまじい炸裂音に、かれらは悲鳴をあげ、身をふるわせた。

かれらは、櫓をこいで石浜とは逆の方向に急ぎ、断崖の下にうがたれた通り穴と俗称される洞穴をぬけ、矢越岬の付根にある海浜にあがった。そこから路をたどって羅賀にむかった。

かれらが山道を急いでゆくと、途中で、「高雄」から逃げてきた幕兵たちと出会った。漁師たちは、恐怖で顔を青ざめさせて立ちすくんでいると、兵の一人が刀を突きつけ、

「官軍に報せると命はないぞ」

と、威嚇《いかく》した。

漁師たちが体をふるわせながらうなずくと、兵たちは、北に通じる山道を足早に去った。

それを見送った漁師たちは、先へ進むのは危険なので競い合うように路を走って引返し、再び舟に乗ると北方にむかい、普代村のオオライド浜に舟をつけた。

そこは、元治元年（一八六四）にイギリス船「アスモール号」が濃霧で坐礁した浜で、その折、漁師たちが船員を救出し、積荷も陸にあげたが、イギリス人船員が、しきりにAll Rightと言っていたことから、オオライド浜と呼ばれるようになっていた。

漁師たちは、山中を迂回して、ようやく羅賀にたどりついて村の庄屋に報告した。

「高雄」乗組の者の一部は、田野畑村の中に逃げこんだ。

夜になると、かれらは、空腹に堪えきれず人家に入り、刀や足袋《たび》、衣類などと交換に食物をもらい、眠った。かれらの中には、深い谷をいくつも越えて逃げ、人家にかくまわれているうちにそのまま土着した者もいた。

軍艦役の小笠原賢三や古川艦長ら大半の者たちは、沢をこえ、山を登って普代村にたどりついた。

空腹と疲労で、かれらは山林の中で体を横たえたり腰をおとして頭をたれていた。

古川らは、顔を寄せて話し合った。

陸路をたどって箱館にむかおうという意見もあったが、それに賛同する者はいなかった。奥州全域は、すでに新政府軍の支配下にあって、そこを無事に通りぬけることは不可能であった。ことにコラッシュは、衣服をかえるなどしても、たちまち外国人であることを見破られてしまう。それに、険阻《けんそ》な山越えをしてきたかれらには、もはや箱館までゆく気力も体力もなかった。

艦を自沈させたかれらの戦意はうしなわれていた。新政府軍に降伏すると手荒い扱いをうけるので、南部藩に自分たちの身柄をゆだねたかった。

意見は一致し、古川艦長が、村に行って食物をもとめ宿所を得よう、と重だった者に告げ、それが兵たちにもつたえられた。

かれらは、立ち上り、山林の中から出ると、村道を歩き、人家の前で足をとめた。

一人が、家の中に入り、村役人を連れてきてくれるように主人に頼んだ。

不意に武器を手にした男が家に入ってきたことに驚いた主人は、家の外に出ると、そこにも多くの同じような者たちがいるのに身をふるわせた。

かれは、よろめくように村道を走っていった。

しばらくすると、提灯《ちょうちん》が近づいてきて、名主と数名の男が古川たちの前に立ち、腰をかがめて頭をさげた。

古川は、新政府軍の艦に追われて「高雄」を岸に乗り上げさせ、山中をたどってここまで来たことを正直に告げ、食物と宿所を提供して欲しい、と頼んだ。

さらに、自分たちには抗戦する意志はなく、南部藩に身柄を託したいので、そのことも藩につたえるようもとめた。

そのおだやかな態度と言葉に、名主たちの恐怖はうすらぎ、かれらは低い声で話し合い、連絡に二人の男が道を走っていった。

やがて、男たちがもどってきて、かれらの報告をうけた村役人が、古川たちを二カ所に分宿させると告げた。

古川たちは、村役人たちの案内で歩き出し、半数は、村でただ一つの寺である曹洞宗の妙相寺《みょうそう》に、残りの者たちは近くの藤島家に入った。藤島家は造り酒屋で、家は新築したばかりで大きく、コラッシュはこの家に入った。

村役人をはじめ村人たちは、古川たちが旧幕臣であることに敬意と親しみをいだいていた。南部藩は、新政府軍に降伏したとは言え、幕府側について最後まで戦ったこともあって、新政府軍には依然として強い反感をいだいていたのである。

村役人の指示で、村人たちは炊出しをおこない、「高雄」乗組の者たちに食事をあたえ、寝具も持ちこんだ。

乗組の者たちは温かいもてなしに喜び、食事をとった後、ふとんにくるまって寝た。

その間に、古川は、村役人と話し合い、普代村を管轄するのが北に隣接した野田村にもうけられている野田代官所であるのを知り、代官所を通じて南部藩への嘆願書を提出することにした。

かれは、筆をとり、自分たちが徳川家臣榎本武揚とともに蝦夷地へおもむいたが、不運にも普代村で世話になっていることを述べ、

「此上ハ（お裁きをうけるほかなく）何卒貴藩格別之御厚意ヲ以　天朝（朝廷）へ可レ然《しかるべく》御執成《とりなし》（下さるよう）一同ヨリ奉二歎願一候」

と、記した。

さらに、野田代官への手紙も書いた。これには、普代村までたどりついた経過を詳細に記し、特に、新政府軍が攻めてきた場合は、こちらも受けて立つことになり、それでは村に迷惑をかけるので、新政府軍に通報せぬよう村々にお触れを出して欲しい、と要請した。

最後に、明日、こちらから代官所へ出頭して委細を申し述べる、とつけくわえた。

二通の書面を受取った村役人は、ただちに使いの者にそれを渡して、野田代官所へ走

らせた。

翌二十六日、古川は、部下を村人の案内で代官所におもむかせ、かさねて恭順の意をつたえさせた。

その日、代官所から役人が出張してきたが、かれらもいんぎんな態度で、嘆願書は盛岡へ送ったから、藩の指示があるまで村に滞在するように、と言ってくれた。

また、役人は、村役人に古川たちを手厚くもてなすように指示した。

藤島家に収容された人数が多すぎるので、藤島家の嫁の実家である大田名部の網元大家《おえい》宅も宿所にあてられ、そこにかなりの者たちが移った。

代官所役人の指示もあったので、村をあげて「高雄」乗組の者を歓待した。

フランス人は肉類を好むというので、鶏肉、鶏卵が調理されてあたえられ、村人たちは、コラッシュをコラシューさんと呼んだ。

酒が各宿所に運びこまれ、村役人によって十四、五歳の娘十人ほどが選ばれ、お給仕役として酒席に出た。彼女たちは、初めは恐れていたが、いつの間にかなれ、酒の酌をするだけではなく、求めに応じて定められた一室に入り、乗組の者たちに身をまかせるようにもなった。村人たちにとって、乗組の者たちはお武家であり、奉仕することに喜びを感じていたのである。

乗組の者たちは、村人たちの扱いにすっかり気分もうちとけて、村の娘と親しくなる者もいた。

村には、ただ一軒、飛脚問屋をかねた「鳥居かまど」という屋号のお洒落屋《しやらくや》(遊女屋)があった。

娼婦が五人いたが、下級の兵たちは、そこに行っては酒を飲み、女を抱いた。かれらは、遊ぶ金が払えないと、代りに刀を渡す。降伏は決定していて、いつかは兵器を引渡さなければならないので、遊興代に手渡したのである。

軍艦「春日」から南部藩への「高雄」乗組の者の探索、召捕り要請書が盛岡についたのは、三月二十七日であった。

藩では、目付が藩士の寄木金次郎、原茂左衛門、田丸津右衛門、漆戸富弥、藤井壮之助の五名をその日のうちに野田代官所にむけて出発させた。

また、翌日には、盛岡城を接収した新政府軍の会計官兼権判事の林半七が、「高雄」乗組の者を捕縛して盛岡まで護送することを指示した。これによって、軍監伊加倉源四郎のひきいる一隊が、普代村にむかった。

南部藩から差向けられた寄木たちに、古川艦長らは、あらためて恭順の意をしめし、武器を引渡した。四月一日には、伊加倉軍監のひきいる兵も到着、正式に降伏の手続きが終了した。

羅賀の石浜に上陸したのは九十六人であったが、二十五名はいずれの地かに逃亡し、普代村に滞在していたのは七十一名であった。かれらは、新政府軍の兵の監視をうけて、普代村を出発した。

遊女屋には、遊興費の代りに渡された刀三十二振と、?と柄にきざまれた短銃一丁が残されていた。

「高雄」乗組の者は、安家《あっか》村の川口、山形村の小国から関をへて、険しい山路をたどり、沼宮内《ぬまくない》から盛岡城下にたどりついた。

かれらは、そこから東京に護送されて四月二十二日に糺問所《きゅうもん》に入牢させられ、七月上旬、高松、姫路、中津、飫肥《おび》、人吉などの諸藩に預けられた。

艦長古川節蔵と軍艦役小笠原賢三は、榎本艦隊の戦力などについてきびしい訊問をうけた後、入牢させられた。

コラッシュも東京で投獄されて取調べを受けたが、半月後にフランス公使に引渡された。

「回天」奇襲の折の宮古、鍬ヶ崎村の村民たちは、突然起った砲声と銃撃音に驚き、今にも村に砲弾が落下するのではないか、と身をふるわせた。

「回天」の砲弾は、「甲鉄」以外に「戊辰丸」「飛龍丸」にも浴びせかけられた。

「甲鉄」では奇蹟的に戦死者はなく、士官品川四方七、脇左仲、土方堅吉と会計佐藤彦七ほか水兵九人が負傷。「飛龍丸」では水兵一人が死亡、船長の岡敬三郎が重傷を負った。

「戊辰丸」の被害が最も大きく、戦死水兵三名、行方不明者（死亡と推定）士官四人、水兵その他十人、負傷者は士官箕村錦作、水夫一人とイギリス人料理方一人であった。

各艦は、機関の蒸気圧をたかめる間、死傷者をボートで浜に送った。

負傷者は、鍬ヶ崎村の遊廓に戸板で運びこまれた。娼家では、急いで夜具を出して負傷者を横たえたが、たちまち血に染る。そのため、夜具が台なしになり、その後、その家には血の臭いがするとしきりに言われ、客は薄気味悪がって近寄らず、破産した娼家も多かった。

「戊辰丸」は、砲弾が数発命中していて船内の破損も多く、青森へゆくのは不可能と判断され、ただ一隻、宮古湾に残った。そして、陸に運ばれた重傷者の士官品川四方七、土方堅吉、佐藤彦七、箕村錦作と水夫ら九名、イギリス人料理方一人計十四名を乗せ、その日のうちに宮古湾をはなれた。

「戊辰丸」は、二十八日に品川沖に到着し、負傷者たちは軍陣病院ともいうべき東京大病院に運びこまれた。病院には、戊辰戦役で負傷者の手当をしたイギリス人医師ウイリアム・ウイリスがいて、「戊辰丸」で運ばれてきた重傷者の手や腿の切断手術もおこない、治療にあたった。

宮古湾では、その後、海戦で溺死《できし》した乗員の遺体が岸にあがることもあった。

そのうちに、あきらかに旧幕臣と思われる士官の服装をした首なし死体が藤原の海浜に漂着した。

村人たちは、新政府軍をはばかってそのまま放置していたが、網元の大井要右衛門が常安寺の墓所にはこんで丁重に埋葬した。さらに、大井は墓碑も立てたが、氏名不詳なので、

忠岳義剣居士

明治二年三月二十五日　軍人

という文字を刻んだだけであった。

九

三月二十六日夕刻、「回天」は、「蟠龍」とともに箱館に入港した。

総裁榎本武揚は、すぐに「回天」におもむき、司令官荒井郁之助の報告をきいた。

荒天で「蟠龍」を見失い、さらに機関故障で「高雄」も落伍《らくご》し、予定の作戦はおこなえず、「回天」のみで突入した経過を荒井は説明した。

奇襲、分捕りに失敗したことを、榎本は、無言できいていたが、「回天」艦長甲賀源吾をはじめ十一名が戦死し、また四名が敵艦に躍りこんで死亡したことを耳にすると、顔をゆがめた。

「まことに御苦労であった。見事な戦いぶりに敬意を表する」

かれは、荒井以下乗組の者の労をねぎらった。

ついで、荒井の案内で船室におもむいた。そこには、十一の遺体が並べられていた。

榎本は合掌して経文を口にし、深く頭をたれた。

他の船室には、負傷者が坐ったり横たわったりしていた。かれは、「回天」に乗っていた医師の南条玄道に負傷者の傷の具合をたずね、一人一人に声をかけて慰めた。見習二等の布施半は重傷で、その顔にはすでに死相があらわれ、榎本が声をかけても、ただ、かれの顔を見つめているだけであった。

榎本は、甲板にもどり、ボートで陸岸にむかった。その夜、布施は息を引取った。翌早朝、「回天」から死体が棺におさめられて岸にはこばれ、仮埋葬された。

また、ニコル少尉をふくむ負傷者は、高松凌雲が院長をしている船見町の箱館病院に収容された。

高松は、筑後国御原《みはら》郡古飯《ふるえ》村に生れ、医者を志して江戸にゆき、幕府奥詰医師石川桜所に、ついで大坂の緒方洪庵の適塾、横浜のヘボンの英語学校にまなんだ。

長州征伐に従軍後、将軍一橋慶喜の奥詰医師となり、慶応二年（一八六六）、慶喜の弟徳川昭武に随行してフランスにおもむくよう命じられ、翌々年、パリで医学を修業中、鳥羽、伏見の戦さを知って急ぎ帰国した。

かれは、榎本軍に参加して箱館につき、病院を開設して傷病者の治療に従事していたのである。

甲賀源吾の死によって、次席である軍艦頭並の根津勢吉を艦長に、軍艦頭並に軍艦役の矢作平三郎が任命された。

「回天」は、「蟠龍」とともに箱館にむかって避退中、「甲鉄」と「春日」が追撃してきてそのまま青森方面にむかうのを目撃したので、他の新政府軍艦船もぞくぞくと青森に入港したと推定された。

青森方面には、少くとも七千の陸兵が集結し、艦隊の到着を待って、蝦夷への上陸作戦を開始することはあきらかだった。

それにそなえて、「回天」と「蟠龍」は、突貫工事で故障個所の修理をおこなった。

青森に潜入している密偵からの通報で、推測どおり、三月二十六日午後八時に「甲鉄」「春日」が入港、翌日夜までに「丁卯」「陽春」が輸送船「飛龍丸」「豊安丸」とともに到着したことをつたえてきた。青森口総督府は、艦隊の到着を大いに喜び、集結している兵たちの士気はあがっているという。

榎本たちは、消息を絶った軍艦「高雄」の帰還を待っていたが、いつまでたってもその姿は現われない。

そのうちに、青森にいる密偵から、新政府軍艦隊乗組の者から得た情報だとして、「高雄」が、箱館にむかう途中、「春日」「甲鉄」の追撃をうけ、暗礁に乗り上げ自沈したことをつたえてきた。

榎本たちは、その情報に暗い表情をしていた。

結局、榎本艦隊は、「回天」「蟠龍」「千代田形」の三艦で「甲鉄」を旗艦とする新政府軍艦隊と対決しなければならないことになった。

「回天」の修理もようやく終了し、三艦は戦備をととのえた。

四月七日、箱館駐在の各国領事は外国人たちに対し、戦争がせまったので箱館港に入っている外国の艦船に乗って津軽方面へ避難するよう指示した。

これは、青森口総督府から各国領事に外国船に託して送った通達にしたがったもので、総督府は、避難のすすめに応ぜず戦争で損害をうけても新政府は責任を負わぬ、とつたえていたのである。

これを知った榎本は、いよいよ新政府軍が蝦夷への上陸作戦を開始することを察し、全軍に警戒を厳にするよう指令した。また、一般町民が戦火に巻きこまれるのを避けさせるため、箱館奉行永井玄蕃が各町々に避難命令を出し、火の用心も通達した。

外国人たちは、家財とともにあわただしく港内の艦船に乗り、町民たちも避難をはじめて箱館の町は大混乱を呈した。

翌日午後、旗艦「回天」は、偵察のため箱館港を出て、青森方面にむかった。

やがて、西南方の水平線上に数条の煙を発見した。その進行方向は松前方面で、新政府軍の艦船が箱館を直接つくことなく、松前または江差に上陸作戦をおこなう予定であると推定した。

「回天」は、反転して箱館にもどり、根津艦長は本営にこれを報告した。

翌九日早朝、江差を守備していた榎本軍は、沖合を多数の艦船が通過して北上してゆくのを目撃した。それは、前日の午前十一時に青森港を進発した新政府軍の艦船で、旗艦「甲鉄」以下「春日」「丁卯」「陽春」の四艦と輸送船「飛龍丸」「大坂丸」「豊安丸」それに雇い入れたアメリカ艦「ヤンシュー」の八艦船であった。それらの艦船には、陸海軍参謀山田市之允指揮の約千五百名の先進隊が分乗していた。

やがて、江差を守備する榎本軍の本営に、江差北方三里（一二キロ）の乙部に派遣されていた二人の兵が駈けもどってきて、新政府軍の艦船が投錨し、多数の兵が上陸したことをつたえた。

江差守備隊指揮官の三木軍司は、兵二百五十名をひきい、四斤旋条砲二門を曳いて乙部にむかい、新政府軍と遭遇して交戦した。

しかし、官兵は数を増し、さらに海上から「甲鉄」ら諸艦が砲撃を浴びせかけてきたので、三木隊は退却した。

三木隊を追撃した新政府軍は、二手にわかれて江差にせまり、さらに五隻の艦は、江差沖に並んで江差砦を砲撃した。

江差の砲台は松前藩の旧式のものなので、応戦したが弾丸は艦にとどかず、艦砲射撃を浴びるままになった。

江差守備隊は、押し寄せてきた新政府軍の攻撃をささえきれず徐々に後退して江差を放棄、四月十一日に松前に退いた。

松前守備の榎本軍は、江差奪回を策し、伊庭八郎、松岡四郎次郎、小杉雅之進、三木軍司、大塚鶴之丞らが兵五百をひきい、大砲二門を曳いて、その日の夕刻、江差にむかって出撃した。

途中で進んできた新政府軍と遭遇し、激戦の末、これを敗走させて四斤旋条砲三門、小銃、弾薬多数を分捕り、さらに進撃した。

十二日朝には江良町に至った。そこに五稜郭本営から使者がきて、松前に急いで引返せという。乙部に上陸した官軍の大軍が二手にわかれて、一隊は箱館と松前のちょうど中間にある海岸ぞいの木古内に、また一隊は、箱館をめざして東に進んで二股（地名）にせまっているので、五稜郭本営は、木古内に大鳥圭介のひきいる一隊を、また二股には土方歳三の兵を急派したので、江差奪回作戦は中止し松前にもどれというのだ。

この指令によって、松前守備隊は、急いで松前に引返した。

大鳥隊、土方隊は、それぞれ新政府軍と遭遇し、大鳥隊は新政府軍を撃破して敗走させ、土方隊も十六時間におよぶ激闘の後に新政府軍を潰滅させ、多数の兵器を押収した。

この日、仙台藩を脱走した二関源治のひきいる藩兵三百七十人がイギリス船に乗って箱館港に入港、五稜郭に入って榎本軍に投じた。これを迎えた五稜郭内は喜びにつつまれ、士気大いにあがった。

榎本軍の勝利がつづいたので、新政府軍の総指揮をとる山田総参謀は、青森口総督府に対し、

「何分奥羽諸賊ト違ヒ、中々勁敵《けいてき》ニテ諸兵一同余程ノ苦心ニ候」

と、榎本軍の戦闘能力の強大さを述べ、援軍を急いで派遣してくれるよう依頼した。

その後、新政府軍は、ぞくぞくと江差に上陸して木古内、松前、二股方面にむかったが、数では圧倒的に優勢であるのに、榎本軍の激しい反撃にあって前線は膠着《こうちやく》状態になった。

松前守備の榎本軍は、再び江差を奪回しようとして、十六日夕刻に進撃を開始し、翌日朝には江良町に進出した。

その時、海上に新政府軍の軍艦「春日」が突然現われて、猛烈な砲撃を浴びせ、さらに「甲鉄」らも参加したので、榎本軍は後退し松前に退いた。

これに力を得た新政府軍は、艦砲射撃の援護をうけながら進んで榎本軍を圧倒し、その日の夕刻には松前を占領した。

木古内にあった大鳥圭介は、軍議をひらいて木古内を放棄することに決し、箱館方向の泉沢と矢不来《やふらい》（北斗市）に三百余の兵を残して、他は五稜郭に引返した。

戦況は逆転したわけだが、二股では、土方歳三指揮の隊が、千二百余の新政府軍に頑強に抵抗して十日間も死守、新政府軍は二十三日から総攻撃を開始したが防禦線をぬくことができずに後退した。


これらの戦闘経過は、刻々と五稜郭本営に報じられていた。

歴戦の者が多い榎本軍は、少数ながら新政府軍を圧倒していたが、海上からの艦砲射撃によって大きな損害をうけ、後退を余儀なくされていた。

箱館港内にいる「回天」「蟠龍」「千代田形」の三艦は、「甲鉄」ら新政府軍艦隊が箱館港に来襲するのにそなえて、厳重警戒をつづけていた。

四月二十日夕、「回天」は箱館港を出て沖合を巡航中、はるか海上に一条の煙を発見、近づくと新政府軍の軍艦「春日」であった。

「春日」は発砲、「回天」もこれに応じたが、夕闇が濃く、互いに艦影を見うしなって、

「回天」は箱館港に引返した。

新政府軍艦隊は、津軽半島北端の三厩《みんまや》港を根拠地としていた。

四月十五日、新政府軍艦「朝陽」（艦長中牟田倉之助）が青森港を経て三厩港に入り新政府軍艦隊に合流した。

「朝陽」は安政三年（一八五六）佐賀藩がオランダから十万ドルで購入した七〇〇トンの艦で、東京から応援に来航したのである。これによって、新政府軍艦隊は、軍艦六隻となった。

榎本艦隊は、箱館港外に出て警戒をつづけていたが、四月二十四日朝七時すぎ、湾口に新政府軍艦隊の軍艦が相ついで姿を現わすのを眼にした。

「甲鉄」「春日」「陽春」「丁卯」「ヤンシュー」の五艦艇で、黒煙を濛々《もうもう》と吐きながら港口にむかって突き進んできた。

榎本艦隊の「回天」「蟠龍」「千代田形」の三艦は、すでに缶《かま》を焚いて蒸気圧も十分であったので、ただちに抜錨し新政府軍艦隊にむかって動き出した。

両艦隊は接近し、八時十分頃、十町（一キロ強）ほどの距離に近づいた時、新政府軍艦隊の先頭を航進中の「春日」が発砲、続航の「陽春」「丁卯」「甲鉄」も砲門をひらいた。

これに対して、「回天」「蟠龍」「千代田形」の砲も火を吐き、砲声がいんいんと湾内にとどろいた。

両艦隊は、隊列を組んで動きまわり、さかんに砲火を交わす。落下した砲弾で海面には高々と水柱があがり、港内は、煙突から吐かれる煙と硝煙でけむった。

「甲鉄」は「春日」とともに湾内深く突き進んだが、十時半頃、箱館奉行永井玄蕃を守将とする湾内の奥にもうけられた弁天崎砲台のオランダ製八十斤砲が砲撃を開始し、砲弾が「甲鉄」「春日」に集中した。

これに呼応して「回天」は両艦に突進し、猛烈な砲撃をあびせて、「甲鉄」「春日」にそれぞれ砲弾が命中し、砕け散った鉄片が海面に水しぶきをあげて散った。

十一時四十分、「甲鉄」のマストに、

「打方止メ」

の旗旒信号があがった。

その命令にしたがって新政府軍の艦艇は砲撃をやめ、「甲鉄」からの信号によって湾口にむかい、湾外に出ると停止した。これは、各艦の乗組員に昼食をとらせるための動きで、それを知った榎本艦隊の三艦も発砲をやめて同じように乗組員たちに食事と休息をとらせた。

荒井司令官は、「回天」艦長根津勢吉と協議し、強力な弁天崎砲台との協同作戦をおこなうことに決定した。「回天」ら三艦が港内に逃げこむようによそおい、新政府軍艦隊を砲台からの射程距離内におびき寄せようというのだ。

荒井は、この決定を「蟠龍」「千代田形」の艦長と弁天崎砲台の守将永井玄蕃に信号旗でつたえた。

湾外で食事を終えて休養をとった新政府軍艦隊は、二時二十分、再び行動を起して湾口から入ってくると、全速力で「回天」ら三艦に突進してきた。

作戦計画にしたがって、「回天」ら三艦は、あたかも攻撃を恐れて退避するように港内奥深く入りこみ、海岸近くに達すると一斉に反転した。

港口近くまで突き進んできた「甲鉄」ら諸艦に、まず、砲台の八十斤砲についで二十四斤砲が砲門を開き、「回天」ら三艦の砲も火をふいた。

猛烈な砲戦がつづき、各艦は激しく走りまわったが、湾内の水深を熟知していない新政府軍艦艇は、艦底が海底の砂地をかいて浅瀬に擱坐《かくざ》しかけることもあった。

そのため、午後四時二十分「甲鉄」に、

「打方止メ」

の旗旒信号があがり、各艦は反転して湾口にむかった。

やがて、五隻の艦艇は西方海上に去った。

この海戦で「甲鉄」「春日」はそれぞれ三発、「陽春」は二発被弾したが、死者はなく、「回天」ら三艦も損傷は軽微であった。

陸上では、箱館から四里（一六キロ）の湾をのぞむ矢不来で、大鳥圭介指揮の陸兵が新政府軍の進撃を阻止して奮戦していた。また、矢不来西方の山中にある二股でも、土方歳三指揮の隊が、圧倒的に数にまさる新政府軍の攻撃をはねかえして死守していた。

四月二十九日早朝、新政府軍は、矢不来の大鳥隊に総攻撃をくわえたが、戦闘経験豊かな大鳥隊は頑強に固守して果敢に反撃した。

そのうちに海上に姿を現わした「甲鉄」「春日」「丁卯」が砲撃を開始し、「春日」の放った砲弾三発が大鳥隊の砲塁に命中した。

この援護砲撃で、さすがの大鳥隊もささえることができず矢不来を放棄して退却、五稜郭から榎本総裁が馬に乗って督励したが、敗走をとめることができず、箱館からわずか二里の七重浜まで後退した。

この矢不来の陥落で二股の土方隊は、背後から攻撃をうける形になるので、榎本は急使を派遣して撤退をすすめ、土方隊は二股をはなれて退却した。

その夜、榎本艦隊に一大不祥事が起った。

「千代田形」が闇の港内を移動中、弁天崎砲台沖の暗礁にふれて動かなくなった。艦長森本弘策は狼狽《ろうばい》し、士官たちが離礁につとめようとしたが、独断で艦の放棄を決定して機関を破壊、大砲の火門も閉じさせてボートで上陸した。乗組員もやむを得ず、これにしたがった。

この処置に不満をいだいた士官たちは、連れ立って五稜郭に行き、「千代田形」廃棄の経過を訴えた。

驚いた榎本ら幹部は、森本を呼びつけて糺問した。

森本は、質問に対してしどろもどろの弁明をしたが、さらに追及されると訳のわからぬことをわめきはじめ、精神錯乱状態になった。

激怒した榎本は、森本を禁錮させるよう命じ、一兵卒に降格させた。

「千代田形」の副長ともいうべき蒸気方一等士官の市川慎太郎は、森本艦長の機関破壊命令を制止できず破壊したことを大いに恥じ、自刃して果てた。

その夜、暗礁に乗りあげた「千代田形」は、潮が満ちてくると自然に離礁し、潮の流れに乗って港口から出ると、箱館山の岸ぞいに南へ漂い流れていった。星もみえぬ闇夜であったので、「回天」も「蟠龍」もこれに気づかなかった。

翌朝午前五時頃、新政府軍艦隊旗艦「甲鉄」は、箱館港外を偵察航行していたが、ほの明るくなりはじめた海上に、突然、「千代田形」が出現したのに驚いた。

艦長中島四郎は、奇襲しようとして接近してきたのだと考え、ただちに砲撃させたが、意外なことに「千代田形」は応戦してこない。甲板上をみると人影はなく、機関も停止しているようであった。

中島は、砲口をむけさせて厳重に観察していたが、ようやく無人であると判断してボートをおろし、「千代田形」にむかわせた。

その結果、乗組員は一人もいず、機関が破壊された上に砲の火門も閉じられていて、なにかの事情で漂流しているのを知り、これを拿捕した。

中島は、「千代田形」のマストに帆をあげ、箱館と湾をへだてた位置にある富川に進ませ投錨させた。

榎本軍の海上兵力は、「千代田形」を捕獲されたことでわずか「回天」「蟠龍」の二艦になり、新政府軍艦隊は大いに喜び、士気はさらにたかまった。

「回天」と「蟠龍」は、箱館港の奥深く入って動かなかったので、新政府軍艦隊は、これを一挙に撃滅することに決し、五月四日午前八時三十分、全艦艇が一斉に抜錨した。

「甲鉄」「春日」を先頭に各艦がこれにつづき、港口に近づいて砲門をひらき、さらに進んだ。そして、港の奥に突入しようとしたが、榎本艦隊司令官荒井郁之助が、あらかじめ港口に張りめぐらせていた防禦索条に「春日」がひっかかって侵入不能となった。

それを知った「甲鉄」は、

「此所少シ退ケ」

の信号旗をかかげ、諸艦は、港内に入ることを断念して引返した。

新政府軍艦隊は、初めて防禦索条の存在に気づき、それがあるかぎり港内には入れないことを知った。

「甲鉄」の中島艦長は、「春日」の赤塚源六艦長と防禦索条の対策について話し合った。

その結果、陸上に放たれている密偵に索条についてその規模をよく知っている者を探し出させ、その者から詳細をきいて索条を撤去する方法を検討することに意見が一致した。

その任務を赤塚艦長が担当し、赤塚は部下をひそかに陸に送って密偵と連絡をとらせた。

その夜、早くも密偵は、箱館に潜入して一人の男を「春日」に連れてきた。小林重吉の手船「虎久丸」の水主《かこ》三次郎であった。

三次郎は、荒井司令官が港口に防禦索条を張った作業を熟知していて、それは弁天崎の岸から七重浜にかけて数十条の綱索を張ったものである、と証言した。

赤塚艦長は、三次郎に対し、多額の褒美をあたえるから仲間の水主を集めて、明日の夜、ひそかに船を出して索条の一部を切断し、侵入路をひらくよう命じた。

承諾した三次郎は、翌日、「虎久丸」の水主を誘い、さらに「住吉丸」「子《ね》の日丸」の水主たちも引き入れて、夜を待った。

深夜になって、三次郎たちの乗った三艘の舟がひそかに港口に近づいて散ると、それぞれ闇の中で、索条がどこにあるか、海面をさぐった。が、風雨にさまたげられてその位置がわからず、やがて夜が白みはじめたので引返し、赤塚艦長に不成功に終ったことを報告した。

翌日、「甲鉄」に各艦長が集って軍議をひらき、明七日、全艦艇が港内に突入することを内定した。

作戦計画として、

一、今夜八時に三艘の舟を再び港口に近づけさせ、索条を発見し除去させる。これには「春日」の舵取りである八十二を同行させる。

一、深夜の海上に散って作業するので、三艘の舟の者は、敵と識別するため白木綿で肩襷《かただすき》をし、さらに合言葉として、「風」と問えば「凪」と答える。

一、各艦は、明七日暁三時三十分に抜錨し、出撃する。
一、もしも、それまでに索条を除去できぬ場合には、「甲鉄」から「端舟（ボート）を出すべし」の信号によって、各艦よりボートを出して索条の張られている場所を確認させる。
一、港内に突入した「甲鉄」は「回天」に真正面から攻撃をしかけ、「春日」は「回天」に、ついで「蟠龍」にむかう。
「陽春」「丁卯」「朝陽」は、陸上の弁天崎砲台を砲撃する。
一、各艦は十分に攻撃目標に接近し、百発百中を期すべし。

この決議にもとづいて、その夜八時、「虎久丸」「住吉丸」「子の日丸」の三艘が港口にむかった。

索条は、二カ所をすぐに発見でき、水主たちは作業にとりかかってそれらをすべて切断し、海路を大きくひらくことができた。

三艘の舟は急いで「春日」に引返し、接舷して、舵取りの八十二が赤塚艦長に報告した。午前二時すぎであった。

赤塚は、ボートで「甲鉄」におもむき、海路がひらかれたことを中島艦長に報告した。

艦内は喜びにあふれ、中島は赤塚と協議して、午前五時十分に出撃することを決定し、各艦につたえた。

定刻に、各艦は抜錨し、有川沖をはなれて箱館港にむかった。

索条の除去された侵入路を、「甲鉄」「春日」を先頭に港内に入った。

「回天」と「蟠龍」は、箱館の町を背にした港の奥に碇泊し、新政府軍艦隊の諸艦が突き進んでくるのを発見した。

「回天」は、ただちに錨をあげて機関を始動させたが、「蟠龍」は機関に漏水個所があって修理中であったため、碇泊したまま動けなかった。

「甲鉄」「春日」は、作戦どおり「回天」「蟠龍」にむかって直進し、砲台を攻撃する任にあった「朝陽」もこれにつづいた。

また、後続の「陽春」「丁卯」は、弁天崎砲台に接近して砲撃を開始した。

「回天」は、港内を全力疾走して「甲鉄」ら三隻の艦艇と砲火を交し、港内にはすさまじい砲声がとどろいて水柱が到る所であがった。

「甲鉄」と「春日」は「回天」に一直線に進み、「甲鉄」の放った三百斤砲弾二発、七十斤、十二斤砲弾が「回天」に命中、塚本録助ら四人の士官と六人の水兵が戦死し、軍艦役並新宮勇ら数名が傷を負った。

それでも「回天」は、海面を波立たせて激しく動き、砲撃をつづけたが、午前八時すぎに「甲鉄」の放った砲弾が機関に命中して運転不能となった。そのため、「回天」は辛うじて運上所前に移動し、砲撃を続行した。

「蟠龍」も弁天崎砲台近くに碇泊したまま奮戦し、砲台からも諸艦に砲弾を浴びせかけていた。

「甲鉄」ら諸艦は、「回天」に集中砲火を浴びせかけ、「回天」に多くの砲弾が命中した。

それでも「回天」からの砲撃はやまず、「春日」は十七、八カ所に被弾していたので、午後四時、港口にむかって引返し、「甲鉄」らも「回天」に大損害をあたえたことを確認して、「春日」につづいて港外に出ると有川沖に引返した。

「回天」の被弾数は、実に八十発にもおよんだ。

新政府軍艦隊の発射弾数は、「甲鉄」三十一発、「春日」百七十二発、「朝陽」二百三十五発、「陽春」百六十二発、「丁卯」不明であった。

また、被弾数も「甲鉄」二十三発、「春日」十七発、「朝陽」十五発におよび、「陽春」「丁卯」への命中弾はなかった。

「甲鉄」では戦死士官山田鋭次郎ら三名、重軽傷者十名、「春日」は士官和田彦兵衛ほか一名が戦死、九名が重軽傷、「朝陽」では重軽傷四名であった。

新政府軍艦隊が、またも来襲することは確実で、「回天」と「蟠龍」は、それぞれ機関の修理を急いだ。

「蟠龍」の機関の漏水はとまって故障個所の修復はできたが、砲弾でくだけた「回天」の機関の修理は不可能であった。

荒井司令官は、「回天」艦長根津勢吉と話し合い、蒸気艦としての機能をうしなった「回天」を浮砲台として、徹底抗戦するという悲壮な方法をとることに意見が一致した。そのためには、弁天崎砲台の近くの浅瀬に「回天」を坐礁させるべきだということになり、手でハンドルをまわし機械を動かして移動し、浅瀬に乗り上げさせた。さらに、十三門の砲をすべて港口の方向にむけ、来襲する新政府軍艦隊にそなえた。

五稜郭と箱館を完全に包囲し、さらに「千代田形」を捕えて「回天」「蟠龍」に損害をあたえた新政府軍は、陸海協同の総攻撃をおこなうことになった。五月十日、総参謀山田市之允、陸軍参謀黒田了介、海軍参謀増田虎之助、軍監前田雅楽《うた》と各艦の艦長が「甲鉄」に集合し、軍議をひらいた。

その結果、明十一日暁三時を期して箱館とその東方にある五稜郭に対し総攻撃をおこなうことに決定した。

定刻に、陸海呼応して一斉に行動を起した。

それに先立って、黒田了介のひきいる四百三十人の兵を乗せた輸送船「豊安丸」が「陽春」の護衛のもとに午後一時抜錨し、三時に浦浜に到着、黒田隊を上陸させた。黒田隊は箱館山をのぼって箱館町の裏山にひそんだ。

各艦も出撃し、「甲鉄」「春日」「陽春」は弁天崎砲台にむかい、「朝陽」「丁卯」は前進する陸兵を援護した。

榎本軍の大鳥圭介のひきいる兵は、五稜郭を出て七重浜方面から進撃してくる新政府軍と接戦を繰返した。また、坐礁した「回天」は、弁天崎砲台とともに新政府軍艦と砲火を交え、「蟠龍」もしきりに動きまわって砲撃をつづけた。

夜が明け、町の裏山にひそんでいた黒田隊が、ひそかに山をくだって箱館を奇襲し、不意をつかれた守備隊はささえきれず千代ヶ岱《ちよがだい》に走り、隊長永井玄蕃らは弁天崎砲台に退いて、箱館の町は黒田隊によって占領された。

「蟠龍」は、全速力で走りまわって砲撃をつづけたが、この奮戦ぶりについては、新政府軍の総攻撃の指揮にあたった山田市之允総参謀から清水谷総督への報告書に、

「蟠龍は……運転進退極而《きわめて》巧者の戦、弾着も頻に通り」

と記されているように、眼をみはるものがあった。

七時頃には、「蟠龍」は、「朝陽」と「丁卯」二艦と十町（一キロ強）ほどの距離をへ

だてて砲火を交していたが、七時三十五分、「蟠龍」の砲手永倉伊佐吉が発射した砲弾が、「朝陽」の右舷を貫通して弾薬庫に突入した。

その瞬間、大爆発が起って炎と黒煙が噴き上げ、「朝陽」は裂けてわずか二分間で海中に没し、舳と帆柱一本が海面上にのぞいているだけになった。

海上には、乗組の者が泳ぎ、帆柱にしがみついている者もいる。これを見た湾内にいたイギリス軍艦「ペール号」からボートがおろされ、さらに「丁卯」も救助作業をおこなって漂い流れている者を救い上げた。

「朝陽」を撃沈したことに、「蟠龍」乗組員は大歓声をあげ、艦長松岡磐吉は祝砲三発を発射させた。

「回天」艦上でも、ときの声があがった。

「蟠龍」は、弁天崎砲台の方向に進み、これを「甲鉄」と「春日」が追って激烈な砲戦が繰返された。

午前九時、港外から一隻の軍艦が突き進んできた。それは、応援のため青森から派遣されてきた新政府軍艦「延年」（七〇〇トン）で、ただちに砲門をひらいて弁天崎砲台への攻撃にくわわった。

「回天」は、擱坐したまま砲撃をつづけていたが、箱館の町を攻略した新政府軍から背後から砲撃をうけるようになり、大砲をそちらにもむけねばならなくなった。

海上と陸上から猛砲撃を浴びるままになったので、司令官荒井郁之助は、遂に抗戦を断念し、総員退去を命じて根津艦長らとともにボートに乗り移って上陸、五稜郭方面へのがれた。

「朝陽」を撃沈して乗員の意気あがる「蟠龍」は、五隻の軍艦を相手に、被弾しながらも海上を走りまわって砲撃をつづけていたが、午後二時にいたって砲弾をすべて射ちつくし、弾薬庫は空になった。

松岡艦長は弁天崎砲台の方向に艦を進ませたが、機関が故障を起したので、これまでと考え、艦を浅瀬に乗り上げさせた。そして、全乗員に退去を命じ、乗組員はボートに乗ったり泳いだりして陸にあがったが、「朝陽」を撃沈した砲手の永倉伊佐吉のみが泳いで岸にたどりつこうとした時、心臓麻痺を起して急死した。

松岡艦長たちは、敵中を突破して弁天崎砲台に入り、とじこもった。

「回天」「蟠龍」の乗組員が、それぞれ艦を捨てて陸上にのがれたのを確認した旗艦「甲鉄」は、ボートをおろして「蟠龍」に乗組員をおもむかせ、火を放たせた。また、「丁卯」に信号を送り、同じように乗組員を「回天」に派遣、放火させた。

両艦から火炎があがり、黒煙が立ちのぼった。

午後四時、「甲鉄」は戦闘中止を下令し、箱館港をはなれて七重浜沖にむかった。

榎本艦隊は全滅したが、新政府軍艦隊も「朝陽」をうしなった。「朝陽」の死者は五十七名、重軽傷者二十人におよび、艦長中牟田倉之助も重傷を負って漂流中、イギリス艦のボートに救出された。

陸上では、榎本軍副総裁松平太郎が大兵をひきいて箱館奪還のため五稜郭を出撃したが、一本木の関門附近に待伏せていた新政府軍と激戦になった。

この戦闘で土方歳三らが戦死して敗走し、榎本軍が守るのは、弁天崎砲台、千代ヶ岱砦と五稜郭のみになった。

日没をむかえ、銃砲声の音は絶えた。

箱館の町には炎が逆巻いていた。弁天町、大町、大黒町、神明町、鍛治町、片町、山ノ上新地のすべてが延焼し、夜空に火の粉が散っていた。

その日、箱館市内で悲惨な事件が起った。

高松凌雲を院長とする箱館病院は船見町にあったが、負傷者の数が増したので大黒町の高龍寺を分院とし、医師の赤城信一と木下晦蔵に治療を託していた。

高松は、榎本軍の負傷者の治療にあたるだけにとどまらず、榎本軍が初めて蝦夷に上陸した折に傷を負った新政府軍の者の手当もして、その年の一月に便船で津軽に送りとどけていた。

その日、箱館の町を占領した薩摩藩兵と久留米藩兵が箱館病院の本院に乱入し、収容されていた負傷兵を殺害しようとした。が、薩摩藩隊長がこれを制止し、抵抗しない者はすべて平等にあつかうと言明して病院の門に「薩州隊改め」と書いたものをかかげた。しかし、分院を襲った松前、津軽両藩兵は、榎本軍に対する憎しみが激しく医師の木下を斬殺して赤城を縛りあげ、さらに傷病者を殺害し、その上、火を放って去った。

翌十二日早朝から、「甲鉄」は五稜郭にむけて砲撃した。弾丸は到達しなかったり飛び越えたりしていたが、やがて命中率がたかまり、望楼が砕け飛び、砲弾が各所に落下して郭内守備の兵に大きな脅威をあたえた。

その日の夜、新政府軍の薩摩藩士池田次郎兵衛と村橋直衛が、入院中の榎本軍元会津藩進撃隊長諏訪常吉を訪れてきて、五稜郭その他の榎本軍に降伏をすすめるようもとめた。

しかし、諏訪は重傷（後に死亡）であったのでその役目をはたすことができず、病院長高松凌雲と病院掛小野権之丞がそれを代行することになった。

翌朝、高松は、五稜郭の総裁榎本武揚と弁天崎砲台の副総裁松平太郎宛に、病院が薩摩藩によって守られていること、朝廷の慈悲もあるので反抗をやめるのが好ましいこと、これらを熟慮して降伏か決戦かいずれか決めるようにという書面を記した。

高松は、その書面を入院中の高橋与四郎と伊那誠一郎にもたせて、まず、弁天崎砲台に立てこもる永井玄蕃のもとにとどけさせた。

また、夕方、同様の書面を伊那と坂根杢之丞に五稜郭の榎本のもとへとどけさせた。

榎本は、会議をひらき、その決議を書面にして、翌日、高松院長のもとにとどけさせた。要旨は、蝦夷の一部を徳川家に下賜されたいともとめ、それがいれられなければ枕をならべて討死にする覚悟、というものであった。

その回答書に添えて、榎本は薩摩藩士池田貞賢に対して病院の傷病兵に対するあつかいについて感謝し、榎本がオランダに留学中にハーグ大学のフレデリックス教授から海上国際法をまなんだ折に使った教科書――海律全書が戦火で消失するのは惜しいので、新政府軍参謀に寄贈すると記し、それもとどけさせた。

弁天崎砲台でも降伏勧告を拒否して、決戦の気配が濃厚になった。

翌日には、旧津軽藩陣屋である千代ヶ岱砦に陣を敷く隊長の箱館奉行並中島三郎助のもとにも降伏勧告がおこなわれたが、中島は断乎拒絶した。

翌十六日、新政府軍は千代ヶ岱砦を襲い、各艦からも砦に激しい砲撃を浴びせた。ここに出向いていた大鳥圭介指揮の隊はやぶれて五稜郭内に退いたが、隊長中島三郎助は踏みとどまって最後まで戦い、二人の子とともに戦死した。

また、食糧、弾薬がつきた弁天崎砲台でも、完全に包囲されていたので降伏した。

五稜郭では、新政府軍捕虜十余名を釈放し、いよいよ決戦の準備をととのえた。

その日、新政府軍海軍参謀曾我祐準《すけのり》（後に陸軍中将兼参謀本部次長）は、榎本に使者を送り、海律全書を受領したことを感謝するとともに酒五樽を贈った。

また、この日、新政府軍の軍使として薩摩藩士中山良蔵が五稜郭の外に来て、幕僚に面会をもとめたので、隊外士官の斎藤辰吉が出て面談した。

中山は、ただちに攻撃してもよろしいか、もしも兵糧、弾薬が欠乏しておれば補給してもよいと述べ、斎藤は、

「糧食、弾薬はなお少しは貯えがあるので、寄贈をあおぐ必要はない」

と、謝意をこめて答えた。

五稜郭内には、弁天崎砲台を守備していた兵が降伏した話がつたわり、それに動揺した兵たちが所々に寄りかたまって低い声で話し合い、士官が近づくと口をつぐんだ。

その夜、筏などに乗ってひそかに逃亡する兵が続出した。士官の中にはそれらの兵を斬ると憤る者もいたが、榎本は、大手門をあけさせ、去る者は自由にという態度をとっ

た。

　翌十七日朝、榎本総裁と松平副総裁は、本営に士官全員を招集した。

　榎本が、口をひらいた。

「私は、徳川家のため諸君とともに素志を貫徹するため力をあわせ、今日にいたった。死も辞せずあくまで戦うという決意は、もとより変りはないが、兵は戦意をうしない、ほとんど死人にひとしい」

　かれの眼には、悲痛な光がうかんでいた。

「このような兵を駆使してなおも戦うならば、わが国随一の堅固な五稜郭であるのだから、五日や十日は落城しないであろう。しかし、限りあるわずかなおびえきった兵で、六十余州の大軍と戦えば、いたずらに兵を死におとしいれるだけである。それは私のとるところではなく、責任を負って自刃する」

　言葉が終らぬうちに刀をぬき、腹に突立てようとしたので、大塚鶴之丞ら数人の者が榎本の体にしがみついて刀をうばった。

　深い沈黙がひろがり、身じろぎする者もいなかった。

　しばらくして、榎本が、

「私一人が切腹しても、遺された兵が処罰されては申訳ない。私は、敵軍の本営におもむいて自分一人が全責任を負って兵の助命を請う」

と、言った。

士官たちの間から、すすり泣きの声がもれ、榎本の言葉に反論する者はいなかった。

榎本は、松平と話し合い、明朝六時から七時の間に榎本が幕僚とともに五稜郭の外に出て新政府軍に降伏の旨をつたえることに決した。

かれは、使者を新政府軍側に送ってこの旨をつたえさせ、同時に新政府軍の発砲をやめるようもとめた。

その夜、副総裁松平太郎と陸軍奉行添役安富才助が新政府軍側におもむき、降伏条件を提出した。

一、明十八日、朝六時より七時迄の間、榎本釜次郎（武揚）、松平太郎、大鳥圭介、

荒井郁之助軍門に降伏之事

一、午後一時より二時の間、兵隊以下不レ残出郭降伏之事

一、午後四時より五時迄の間、兵器悉皆《しっかい》差出　五稜郭を差上可レ申事

松平と安富は、五稜郭に引返し、榎本らと夜おそくまで訣別の酒を酌み合った。

会見所は、五稜郭から六町へだたった亀田陣営近くの三軒家の農家とさだめられ、翌朝、総裁榎本武揚、副総裁松平太郎、陸軍奉行大鳥圭介、海軍奉行荒井郁之助が、それ

ぞれ馬に乗り、軍監大島寅雄、陸軍奉行添役安富才助、彰義隊頭取改役大塚鶴之丞、同丸毛牛之助をしたがえて会見所におもむいた。

新政府軍側からは、陸軍参謀黒田了介、海軍参謀増田虎之助が、軍監の前田雅楽、村橋直衛、岸良彦七、有地志津摩らとともに到着、会談がおこなわれた。

榎本は、軍門にくだることをつたえ、自分はどのような処分をされてもかまわぬから、と言って、兵の助命を請うた。

黒田らは、左のような書面を渡し、榎本らは諒承した。

一、首謀ノ者　軍門ニ降伏ノ事

一、五稜郭ヲ開（き）、寺院謹慎罷在追テ可㆑奉㆑待㆓朝裁㆒事

一、兵器悉皆差出可㆑申事

会見は終り、榎本ら四人は両刀をとりあげられ、長州藩一中隊の警護をうけて駕籠で箱館の寺に送られた。

五稜郭では、郭内を清掃して明渡しの準備をととのえた。

午後になって、城受取りに軍監前田雅楽が二小隊をひきいて郭内に入った。

榎本軍の勘定頭榎本対馬が、兵器その他を目録と照合して引渡した。大砲三十門、小銃千六百挺、米五百俵であった。

降伏した兵は、負傷者五十名をふくめて千人余で、薩摩、伏木、備前、長州、大野、松前、水戸、黒石の各藩兵によって箱館へ護送され、寺々に拘禁された。

午後四時すぎ、新政府軍は五稜郭を完全に接収し、伏木、水戸、松前藩兵が警護にあたった。

降伏兵の中には箱館病院で傷の手当をうけていたフランス海軍少尉ニコルと下士官クラトーもまじっていた。かれらは、箱館に入港してきたフランス軍艦に引渡された。

他のブリュネ大尉ら七人は、新政府軍が箱館に攻撃をくわえる直前の四月二十九日夜、榎本たちには無断で箱館をひそかに脱け出て、港外に碇泊していたフランス軍艦「コエトロゴン号」に乗り、保護をもとめた。ブリュネ一行はその軍艦に乗って横浜に去り、新政府の糺問を受ける身になっていたのである。

五稜郭が接収された日、室蘭で沢太郎左衛門のひきいる榎本軍守備隊に斎藤辰吉を使者に立てて榎本軍の降伏を告げさせ、沢は兵三百と降伏し、同港碇泊の「長鯨丸」も新政府軍に引渡した。

榎本、松平、大鳥、荒井と軍監並箱館市中取締の相馬主計、「蟠龍」艦長松岡磐吉の六名は、五月二十日、「ヤンシュー号」に乗って箱館をはなれ、翌朝七時に青森についた。

しかし、青森には護送用の駕籠が調達できないので熊本藩兵によって弘前に移され、青網をかけた錠前つきの駕籠に乗せられて陸路東京にむかった。そして、六月三十日に東京に到着し、ただちに糺問所の牢に投ぜられた。

また、他の士官、兵は各藩預けとなり、後に赦免された。

榎本らの処分については、極刑をもってのぞむという空気が支配的であった。しかし、黒田了介は、頭を丸めて榎本らの罪の減刑に奔走し、それが効を奏して明治五年一月、特旨をもって赦免された。

その後、榎本は政府に仕え、海軍中将兼ロシア全権公使、海軍卿（海軍大臣）、逓信、農商務、文部、外務の各大臣を歴任し、明治四十一年（一九〇八）、七十二歳で死去した。

荒井郁之助は初代気象台長に就任し、退官後、浦賀ドックの創設に尽力し、大鳥圭介は、学習院院長、特命全権清国公使をへて枢密顧問官に任ぜられた。

「蟠龍」艦長松岡磐吉は、入牢中、明治四年に病死した。

「回天」は焼失したが、「蟠龍」は、半ば焼けた時、マストが倒れた衝撃で横倒しになり、海中にひたって火が消えた。

その後、イギリス商人が、「蟠龍」を上海まで曳航して修理、改造し、日本に回航して北海道開拓使に売込み、名を「雷電」と改め、輸送船として使用された。さらに、明治十年に軍艦となり、明治二十一年、土佐の人に売られて捕鯨船として使われ、やがて老朽して解体された。

「甲鉄」は明治二十一年に、「春日」は二十七年に廃艦となった。


箱館戦争の戦火がやんだ直後、新政府軍は、死者二百八十六名の遺体を収容し、慰霊祭をおこなって丁重に埋葬した。

それとは対照的に、榎本軍の戦死者の死体は放置されたままになっていた。新政府軍が、みせしめのためこれらの死体を打棄てにし、埋葬、墓碑の建立等は一切まかりならぬ、という布告を出していたので、新政府軍を恐れて遺体に手をつけようとする者はいなかったのである。

町なかや山野に横たわる遺体は、野犬に食い荒されたり鴉《からす》についばまれたりして腐爛していた。

この禁を破ってそれらの遺体を大八車にのせて実行寺の境内に運び、埋葬した者がいた。柳川熊吉であった。

熊吉は文政八年（一八二五）八月五日、料理人の長男として江戸浅草に生れた。長じて俠客新門辰五郎の配下「木場の仙三」の子分となったが、安政大地震で江戸をはなれ、水戸、仙台をへて安政三年に箱館に渡り、遊郭の夜警となって消防組頭をつとめ、ついで奉行堀織部正の小者になった。

熊吉は柳川鍋を調理するのが巧みであったので、堀は、熊吉に柳川という渾名《あだな》をつけ、柳川熊吉と呼ばれた。やがて、熊吉は配下の者六百余名をかかえる侠客となった。

戦争が終った後、死体が遺棄されたままであるのを堪えきれなく思ったかれは、建築業者の中川源左衛門の棟梁大岡助右衛門と相談し、子分を督励して死体を集め、実行寺に運んだのである。

かれは、埋葬した地に墓標を立てたが、それを知った新政府軍の兵がこれを倒して熊吉を捕えた。処刑せよという意見も強かったが、軍監田島敬蔵のはからいで釈放された。

かれは、明治四年、函館山の麓の海を見下すことのできる二千四百六十一坪の山林を六十円で入手し、そこを実行寺の編入地として遺骨を移し、木標を立てた。

その後、明治八年九月に碑を建立し、「義に殉じた武人の血は三年経てば碧色になる」という中国の故事にならって、碧血碑という文字を刻んだ。かれは大正二年（一九一三）十二月七日、八十八歳で没した。

箱館戦争後、各藩兵は帰国したが、それらの地では性病が蔓延した。兵は、戦闘に従事しながらも娼家にむらがり、病気にかかって帰国したからである。

坐礁した榎本軍軍艦「高雄」の乗組員が保護された普代村では、一般の婦女子も乗組員たちと関係した者がいたので性病がひろがり、鎮静化するのにかなりの歳月を要した。

普代村と田野畑村には、多くの刀剣、短銃その他が残されていたが、現在では大半が散逸している。

牛

文政七年（一八二四）七月八日朝、薩摩藩領の宝島の遠見番が、北方の沖合に帆影を発見したと同島の番所に注進におよんだ。

宝島は、鹿児島の南南西七十五里（三〇〇キロ）に位置する吐噶喇《とから》列島にぞくする小島である。

薩摩藩では、奄美《あまみ》大島、喜界島、徳之島を中心に南方に点在する島々で栽培されている砂糖黍《きび》に注目し、それから得られる黒糖を藩財政の有力な財源として、苛酷な統制のもとに黒糖を生産させ、そのための代官所も設置していた。宝島でも砂糖黍を栽培し、代官の管理下にあったが、さらに異国船の来航にそなえて、島に番所がもうけられ、高台に遠見番詰所も配置されていた。

番所には、薩摩藩士の松元次助と横目中村理兵衛がいた。また、薩摩藩からたまたま派遣されていた横目の吉村九助も在島していたが、九助は島内巡視に出かけていて番所にはいなかった。

注進をうけた松元次助と中村理兵衛は、ただちに遠見番詰所のおかれた丘陵の頂きに急いだ。

遠見番の指さす北の方向に遠眼鏡を向けてみると、たしかに水平線に帆影がかすかにみえる。南東の風で、船にとっては逆風に近かったが、横風を巧みに帆にとらえているらしく徐々に島の方向に接近してきていた。

帆影から察してかなりの大船と思えたが、薩摩藩の船が島にやってくる予定はなく、琉球船かとも推測された。

松元次助らが最も危惧していたのは、異国船の来航であった。

鎖国政策をとる幕府は、オランダ、中国のみに貿易を許していたが、外国の圧力はまずロシアの通商要求からはじまった。三十二年前の寛政四年（一七九二）九月、ロシア船一隻が蝦夷地の根室に来航し、使節アダム・ラクスマンがロシア皇帝エカテリーナ二世の通商をもとめる国書を呈出した。幕府は、長崎への入港許可をふくむ通商要求に応じる旨をほのめかせて帰帆させた。この来航は幕府を大いに刺戟し、北方防備の強化に手をつけさせ蝦夷地を直轄領とする結果をもたらした。

幕府はロシアの動きをうかがっていたが、十二年後の文化元年（一八〇四）九月、長崎にロシア艦が入港、遣日全権大使レザノフが寛政四年に幕府がラクスマンに約束した交易の開始を強く求めた。が、幕府は、鎖国政策にもとる対露貿易をはじめる意志がなく、レザノフに不許可の旨をつたえた。

レザノフは幕府の態度に憤激し、武力による威嚇《いかく》によって通商開始をくわだて、その意をうけたヴォストフ大尉が翌々年の文化三年に軍艦をひきいて樺太《からふと》に来航し、クシュンコタンの松前藩会所を襲った。また、翌年には、再び二隻のロシア艦をひきいてエトロフ島の内保《ないほ》を襲って番人をとらえ、会所のおかれた沙那《しやな》をも攻撃して会所、番屋、神社等に火を放ち、多量の物品を掠奪した。さらに、樺太南部から蝦夷（北海道）の宗谷附近におもむき、日本の商船をつぎつぎに焼き、積荷を奪った。

その後ロシアとの関係は、文化十年に和平交渉が成立して小康状態をたもつことができたが、その間にイギリス艦による騒乱事件がおこった。

文化五年八月、オランダ国旗をかかげてオランダ船をよそおったイギリス軍艦「フェートン号」が長崎に入港してきた。そして、オランダ商館員二名を不法にも捕え、薪水と食糧を要求、もしも、それをこばめば武力を行使して港内の船をことごとく焼き、町に砲火を浴びせると威嚇した。

長崎奉行松平図書頭《ずしよのかみ》康平は決戦の意をかためたが、商館長ドーフの懇願によって水、食糧を「フェートン号」にとどけさせた。そして、翌日、夜討ちの準備をすすめたが、その間に「フェートン号」は出港していった。この責任を感じた図書頭は、

……一身の恥辱は兎《と》も角《かく》も、此場に至りて天下の御恥辱を異国へあらわし候段、不調法の仕合に御座候。御断りとして切腹仕候。……

という遺書をしたため自刃した。

「フェートン号」事件は、北辺を主とした海防の強化を全国的な規模にひろめ、ことに江戸湾、長崎湾に砲台が築かれるなど警備の増強が急がれた。

その後、イギリス船の接近はしきりで、文政元年についで五年にもイギリス船が浦賀に入港し、通商をもとめ、薪水の補給を要求して世情を騒がせた。

薩摩藩では、「フェートン号」事件以来海防に留意し、ことに文化十三年、琉球の那覇にイギリス艦が来航したことを重視し、西南諸島方面の警戒を厳にしていた。

松元次助と中村理兵衛は、遠眼鏡を帆影に向けつづけていた。そのうちに、帆影発見の報を耳にした横目吉村九助と島役人の平田藤助、前田孫之丞らが、丘の傾斜を駈けあ

がってきた。

九助は、同じ横目である中村理兵衛のかたわらに立って沖を見つめた。横目は、目付の添役として探索の役目を課せられている足軽同然の軽輩であった。

風向が変ったのか、船の速度が次第に増し、蛇行ぎみに島の方向にむかってくる。

「異国船だ」

遠眼鏡を眼にあてていた松元次助が、うめくように言った。

肉眼でも、それが日本の千石船や琉球船ではないことが察せられた。帆柱は三本で、そこに三枚ずつの白帆が風をはらんでふくれ上っている。

松元次助たちの顔から血の気が失せた。かれらは、十六年前に長崎で起った「フェートン号」事件の再発を恐れた。奉行松平図書頭についで肥前藩聞役関伝之允も、長崎警護の任を課せられた肥前藩兵を帰藩させていた責任をとって切腹している。異国船は、鎖国政策のしかれた日本にとって紛争をひき起す存在であった。

船の速度はさらに増し、全容があきらかになってきた。

かなりの大船で、帆柱三本に小さな弥帆柱が一本、船体は上方が黒く、下方が白く塗られ、旗印はみられなかった。

船は、前籠という浜の沖合半里（二キロ）ほどの位置にくると帆をおさめ、錨を投じるのが認められた。

松元次助たちは、遠見番詰所をはなれると、丘の傾斜をかけくだって村落に入った。そして、番所に走りこむと、備えつけられた鉄砲七挺をとり出し、あわただしく新しい草鞋《わらじ》にはきかえた。

すでに異国船の接近に気づいた村落内は、騒然とした空気につつまれていた。人々は悲鳴をあげ、手まわりの物を手に山の方へ走ってゆく。老人を背負い、病人を戸板にのせてはこぶ者もいた。

松元次助は、顔をひきつらせて立ちすくんでいる村役人に、屈強な若者を集めるように命じ、中村理兵衛、吉村九助らとともに前籠へむかった。

かれらが藪《やぶ》の中から海上をうかがっていると、船から白く塗られた小舟のおろされるのがみえた。その小舟は日本の舟と異なって両脇に三挺ずつの艪《ろ》がとりつけられていて、水スマシが水面を走るように艪を一斉にそろえて水をかく。次助たちには、その舟が矢のような速さに思えた。

村役人たちは、おびえたように身を寄せ、中には体をふるわせて唇をしきりになめている者もいた。

「落着くのだ。無事に事をはこぶためには、むやみに恐れおののいてはならぬ。鉄砲はかくしておく方がいい」

松元が、ひきつれた顔で言った。

かすかな掛声もきこえてきて、小舟が浜に近づき、舳をのしあげた。小舟は長さ約五尋《ひろ》（九メートル）、幅四尺（一・二メートル）余、艪の長さは一丈四尺（四・二メートル）ほどで、乗っているのは七人の男たちであった。

かれらは、しばらくあたりを警戒するように見まわしていたが、やがて、意を決したらしく浜にあがった。鉄砲と長い銛《もり》のようなものを所持していた。

次助は、中村理兵衛をうながして身を起し、藪から出て行った。二人は肩をいからせていたが、歩き方がぎごちなかった。

異国の男たちが、次助と理兵衛の姿に気づき視線を向けてきた。かれらの顔はこわばり、鉄砲をつかみ直したり、銛をかまえたりした。頭髪は大半が赤くちぢれ、鼻が高かった。中には日本人に似た浅黒い顔をした男もまじっていた。緋羅紗《ひらしゃ》のような衣服の上衣の袖《そで》は細く、股引《ももひき》のようなものをはいている。足には革製の足袋をつけ、一人残らず帽子をかぶっていた。

かれらは体が大きく、眼に鋭い光がうかんでいた。

次助と理兵衛は、かれらから三間（五・四メートル）ほどへだたった位置で足をとめた。

次助は、

「いずこから参られた」

と、問うた。声が、わずかにふるえをおびていた。

鉄砲をもった男が、口をひらいた。太い声で手をふりながらなにかしゃべったが、次助たちには初めてきく言語で、区切りというものが全く感じられぬ奇妙な言葉であった。

「いずれの国の船か」

次助は再びたずねたが、その言葉の意味も男たちには理解できぬらしく、口々になにか言い合っている。

理兵衛とともに次助は体をかたくして立っていた。七人の異国の男たちと向き合っていることが恐ろしく思えた。

かれらの意図を察知しなければならぬ、と次助は思った。蝦夷、奥蝦夷では、ロシア人が上陸して会所をはじめ建物をことごとく焼きはらい、番人を傷つけて拉致《らち》し、食糧その他多量の物品を掠奪したときいている。眼前にいる異国の男たちも、同じような狼藉をはたらくかも知れぬ、と思った。

言語が通じぬことに気づいたかれらは、早口で互いに言葉を交し合っていたが、小柄な青い眼をした男が一歩進み出ると、しきりに手真似をはじめた。

男は、海上にうかぶ異国船を指さすと、長い筒の形を手でつくってみせ、それを眼にあてる仕種《しぐさ》をした。

次助は、

「異国船から遠眼鏡で島を見たと言っているらしい」

と、理兵衛に声をかけた。

「私にも、そのように思われます」

理兵衛は、答えた。

次助は、男に、理解できたことをしめすために大きくうなずいてみせた。

男は、次の動作に移った。かれは、人家の近くで草をはむ牛を指さし、それを遠眼鏡で見て上陸してきたという仕種をした。そして、自分たちに牛をゆずって欲しいと懇願するように両手をひろげ、丁寧なお辞儀をくり返した。

「牛を所望しておるらしい」

次助が、理兵衛に顔を向けた。

理兵衛は、無言でうなずいた。

次助たちは、長崎のオランダ商館員たちが牛、豚などの四つ足の動物の肉をこのんで食物としていることを耳にしていた。眼前の異国人が牛を所望するのは、それを食糧とするためだと思った。おそらく、異国船の者たちは船に積んでおいた牛肉を食べつくし、牛を求めて島にやってきたにちがいなかった。

かれらの意図は判明したが、それを受け容れることはできなかった。幕府は、異国船が来航した折には食糧、薪、水をあたえることを許している。しかし、異国人にとって食糧である牛は、日本人にとっては労役に使用する家畜である。宝島でも、牛は黒糖生産に不可欠の労働力であり、貴重な財産でもあった。

牛は砂糖黍の畠地の耕作に使われると同時に、刈り取った黍から砂糖汁を採取するのにも使用される。それは砂糖《さた》ひきといわれる作業で、牛を円型に歩かせ、回転子によって黍を圧搾させ、黍汁を得るのである。

次助は、浜近くで草をはむ黒色の牛を指さすと、

「譲るわけには参らぬ。牛はやれぬ」

と言いながら、頭を激しくふった。

男たちの顔がこわばり、青い眼をした男が諦《あきら》めきれぬように牛を欲しいという仕種をくり返した。

次助は、無言で首をふりつづけた。

男たちは、次助が自分たちの要求を拒否していることに気づいたらしく、甲高い声を

あげて互いに意見を交しているようだった。

そのうちに、男の一人が、次助たちの後方にある藪の方向に険しい視線を据え、なにか言った。そこには、横目吉村九助を中心に村役人や村の男たち十数名が立ち上って、こちらを見つめていた。

異国の男たちは、低い声を交し合って後ずさりすると小舟につぎつぎに乗った。そして、あわただしく舟を浜からはなれさせると、艪をそろえて本船の方向に遠ざかっていった。

吉村九助たちが次助と理兵衛のかたわらに走り寄り、異国船を注視した。本船に小舟がたどりつき、引き上げられるのがみえた。

しばらくすると錨があげられ、帆がひらいた。異国船は、ゆっくりと北の方へ動きはじめた。

海上に暮色がひろがり、やがて、船影は夜の闇に没していった。


夜になると、村人たちは山から村落にもどってきたが、いつでも逃げ出せるように家財をまとめたり土中に金品を埋めたりしていた。

松元次助たちは、番所に集って協議した。異国人たちの意図は牛の入手で、その日は本船にもどっていったが、再び上陸してくることが予想された。それにそなえて、十分な警備態勢をととのえることに意見が一致した。

次助は、視力のすぐれた村の男たちを遠見の者として島の所々の高みに配置させ、また、夜明けを待って薩摩藩の代官所がおかれている（奄美）大島にも注進の船を出すように指示した。

番所に老いた村役人がやってくると、村人たちの動揺が増していることを告げた。異国人たちが牛を得るために上陸したことを知った村人たちは、松元次助がそれを拒否したので、異国人が村の者たちを殺し、その肉を食おうとするのではないかとおびえているという。

次助は、

「異国の者どもは、牛、豚をこのんで食うが人肉は食わぬときいている。騒ぐ者どもは処罰するとつたえよ」

と、村役人にきびしい口調で言った。

その夜、番所では鉄砲の手入れがおこなわれ、竹をきってその先端をとがらせて火であぶり、竹槍をそろえた。そして、番所の木戸口を中心に所々に篝火《かがりび》をたき、浜へも見張りを出して警戒にあたった。

夜が、白々とあけてきた。

番所では朝食を早目にとったが、それが終った頃、島の北部に派遣されていた遠見の者が荒い息をついて番所に走りこんできた。夜明けの薄明りの中に、昨日の異国船の帆影が、島の北方五里（二〇キロ）ほどの沖に見え、舳を島に向けて近づいてきているという。

村役人や警護にあたっていた村の男たちは顔色を変え、中には家族を避難させようとするらしく番所をぬけ出す者もいた。

そのうちに、他の遠見の者たちもつぎつぎに番所に走りこんできて、異国船の接近をつたえた。船は、徐々に近づいてきて、五ツ半（午前九時）頃には、前日と同じように前籠の沖半里ほどの位置で帆をおさめ、錨を投げたという。

松元次助は、中村理兵衛とともに番所にとどまり、万一の来襲にそなえることになった。そして、異国人が上陸してきた折には、吉村九助を派して、かれらに応接することをきめた。また、村役人たちに対しては、村落内の動揺をふせぎ、村人たちに平静を維持させるようつとめることを命じた。

やがて、異国船から小舟が一艘おろされ、前籠の浜にむかってきているという報せが入った。

吉村九助は、村役人の前田孫之丞と村の若者二人をつれて番所を出ると、前籠の浜に急いだ。

かれらが浜に近づくと、浜についた小舟から異国人が上陸したところだった。人数は前日と同じく七名であったが、顔ぶれはちがっていた。かれらは、鉄砲や長い銛を所持していた。

九助は、若者たちに藪の中でひかえているように命じ、孫之丞と二人で藪の中から浜に出て行った。

異国人たちは、媚《こ》びたような笑いを顔にうかべて二人を迎えた。

男の一人が進み出ると、巻かれた厚い紙を九助に差し出した。ひらいてみると、そこには横文字が書きつらねられていた。

九助は、むろん、それを読むことはできず、首をふって紙を返した。

男たちは、九助が横文字を理解できぬのを予想していたらしく、紙をうけとると一様に笑顔を向けてきた。そして、小舟の中から布袋をもってきて、袋の中からさまざまなものを取り出した。

初めに出したのは陶製の瓶で、男の一人が飲んで酔う仕種をした。それは、酒にちがいなかった。つづいて麦で作ったらしい餅《もち》状の食物（パン）が出され、かれらの間で流通していると思われる金、銀の硬貨、衣服がさし出された。さらに、かれらは剃刀《かみそり》、小刀、鋏《はさみ》、針、時計などを袋からつまみ出し、それらの品々を一品残らず贈るということを手真似でしめしてみせた。そして、浜の近くにいる黒色の牛を指さすと、それをぜひ欲しいという仕種をした。九助は、異国人たちが眼前に並べた品々と牛を交換してくれと訴えていることを理解した。

九助は、松元次助から、もしも、異国人が再び牛を所望するような仕種をしめしても決して応じてはならぬと指示されていたので激しく手をふった。

異国の男たちの顔に、絶望の色が濃くうかび出た。

九助は、かれらに少し待つようにという仕種をすると、前田孫之丞に、

「松元様に事のあらましをつたえ、米、野菜をあたえて追い払うのが得策と思われる故、それらをこの浜に運ぶようにお願い申し上げてくれ」

と、言った。

孫之丞は、諒承し、急いで藪の方に引き返していった。

九助は、かれらとむかい合って立っていた。顔一面に赤い毛が生えている男もいるし、口を動かして茶色い唾《つば》を吐きつづけている者もいる。かれらの中には、皮膚が赤らみ瞳《ひとみ》の青い整った顔をした若い男もまじっていたが、九助にはかれらが猿に似た人種のよう

に思えた。

かれらは、親しげな眼を向けてきていたが、九助が腰にさしている刀が恐ろしいらしく近づいてくることはしなかった。

やがて、孫之丞が藪から姿をあらわし、六名の村人が、島でエンガオーダと呼ばれている棕梠《しゆろ》で編んだもっこを天秤棒でかついでついてきた。もっこには、米、里芋、薩摩芋、大根、茄子《なす》が盛られていた。

九助は、それらの物をさししめすと、欲しければあたえるという仕種をした。かれが米を指さすと、男たちは本船に十分積みこんであるからいらぬ、と手ぶり身ぶりで答えた。

九助が、野菜類を指さすと、かれらは眼をかがやかせ、九助が持ってゆくように手真似をすると、嬉しそうにそれらを小舟に運び入れた。

緊迫した空気がやわらぎ、米、野菜をはこんできた村人たちも、逃げることはせず近くに立って物珍しげに異国の男たちをながめていた。

九助は、異国の男たちに本船を指さし、乗船している人数を手真似で問うてみた。その意味を解したらしく、男の一人が、両手をあげて指をすべてひろげ、ついで指を閉じるとまたひろげた。それを七度くり返したので、九助は、乗員が七十名いるということを知った。

九助は、かれらがどこの国にぞくしているかをさぐろうとして、

「オランダ、ナガサキ」

と、言ってみた。

かれらは、その名称を知っているらしく、口々にオランダ、ナガサキと声をあげ、しきりにうなずいた。そのうちに、一人の男が浜に円をえがき、少しはなれた所に同じように円をえがいた。そして、その一方の円を指さしてオランダと言い、もう一方の円をエンゲレスと言い、その円の中に姿勢を正して立った。

九助は、男の仕種で、かれらがオランダと敵対国にあるイギリス人であることを知ることができた。

九助がうなずくと、男は、浜に魚の絵を指でえがいてみせた。頭部から潮の吹く図もえがいたので、九助はそれが鯨であることを知った。男は、片眼をつぶって笑顔を九助に向けたりしながら、銛で鯨を突きさし、本船にそれを引き揚げる仕種をおどけた身ぶりでしてみせた。

笑い声が男たちの間で起り、九助も頬をゆるめた。

九助は、表情をひきしめると、牛は譲れぬことをあらためてつたえ、贈物を受け取る

ことはできぬからそれらを集め、野菜を持って立ち去るように手真似で指示した。

かれらは、携行してきた酒などを袋におさめ、笑いながら何度も深々と頭をさげて小舟の方へ歩いていった。そして、小舟を押し出すと乗りこみ、艪をそろえて浜をはなれて行った。

その経過は、番所にいる松元次助たちも遠眼鏡で確認していた。浜から番所までは百五十間（二七〇メートル余）ほどあったが、途中は平坦なので望見することができたのだ。

九助は、無事に役目をはたしたので、孫之丞らをともなって番所にもどり、次助に牛の譲渡を拒否した経過を報告し、異国船に七十名が乗船していること、かれらがイギリス人で船は捕鯨船であることなどをつたえた。

次助は、異国人がイギリス人であることを耳にすると顔をこわばらせた。かれは、十六年前の「フェートン号」乗組員の狼藉を思い起したらしく、声をたかめて一層警戒を厳にするよう命じた。

半刻（一時間）ほどたった頃、またも遠見番からの注進があった。異国船から三艘の小舟がおろされ、北方の大間にむかって近づいてきているという。

次助たちは、顔色を変えた。それまで異国人たちは、二度とも一艘の小舟に乗って上陸してきたが、三艘の小舟を出してきたことは前二度の折とは別の意図をいだいていると推測された。かれらは、二度の拒否にあったことに業《ごう》を煮やして、牛を強引に入手しようとして行動をおこしたのではないかと想像された。

次助たちは、番所を出ると大間の方向に走った。遠見番の報告どおり、三艘の小舟がつらなって大間に接近していた。が、その附近は波が荒く打ち寄せていて、異国人たちは舟をつけることが出来ぬのを知ったらしく、舳をまわすと、前籠の浜の方向にむかった。

次助たちは、再び走り、藪の中から異国人の動きをうかがった。

小舟はつぎつぎに浜に舳をのし上げて、異国人たちが上陸してきた。かれらの手には、鉄砲や鯨を突く銛がにぎられていた。

突然、かれらの間から発砲音がとどろき、つづいて二発の銃声が起った。その音は、空気の層をたたきながら丘陵の奥に木霊した。

銃声が合図だったらしく、沖合に碇泊している異国船に閃火《せんか》が湧き、砲撃音が海上にとどろいた。砲弾は、海上に大きな水柱をあげた。

次助たちは、狼狽した。かれらは、最も恐れていた事態におちいったことを知った。上陸してきた人数は、二十名以上であった。

次助たちは、番所の方向に急いでもどった。村落内には、悲鳴に似た叫び声が入りみだれ、村人たちが競い合うように山の方向に逃げてゆく。腰が萎《な》えたらしく、這ってゆく者もいた。

番所に入った次助たちの顔は、蒼白だった。異国人は、番所の方向に絶え間なく鉄砲を打ちかけながら近づいてくる。鉄砲の性能がすぐれているらしく、発射間隔は短かった。

次助たちの中で最も鉄砲の扱いになれているのは、吉村九助であった。かれの顔にも血の色はうしなわれていたが、異国人への対抗策についてうわずった声で意見を述べた。こちらから前進して平坦地で異国人と対するのは不利で、それよりも異国人たちが村の中に入りこんできた折に、番所木戸口で待ち伏せして鉄砲を打ちかけるべきだ、と主張した。

次助たちに異論はなく、かれらは木戸口に身をひそませ、異国人たちの動きをうかがった。異国船からの砲撃は散発的につづけられていたが、射程距離が短く海面に水柱をあげるだけであった。その発砲音はいんいんととどろき、次助たちをおびえさせた。

村落内に、人影は絶えていた。

「来た」

村役人の平田藤助が、低い声で言った。

前方の広い畑に二人の異国人が、姿をあらわした。かれらは、畑の隅にいる黒牛にむかって鉄砲をかまえ、発砲した。が、弾丸はそれ、牛は驚いて走り出した。

かれらは、後を追って再び発砲した。それは牛の後脚の付け根に命中したらしく、牛が臀部《でんぶ》を落すように倒れた。

畑に五頭の黒牛が、七、八人の異国人に追われて入ってきた。異国人は縄を投げ、そのうちの二頭を捕え、笑いながらそれらの牛をひいて浜の方に下っていった。

射殺された牛のまわりに四人の男が集ってきた。かれらは腰刀をぬいて、牛の体に突き立て、素速い動きで皮を切り開いてゆく。血が流れ出し、水々しい肉が露出した。

かれらは、それらの肉を解体すると、それぞれ肩に背負い浜の方におりていった。肩から胸にかけて牛の血におおわれたかれらの姿は、恐ろしいものにみえた。小舟のかたわらに残っている異国人たちは、威嚇の意味らしく絶え間なく発砲をくり返していた。

次助たちは、木戸口に身をひそませていたが、村の中に三人の異国人が鉄砲を乱射しながら走りこんでくるのを眼にして立ち上った。竹槍を手にしていた十数名の村人たちは、恐れおののいて裏山の方へ逃げた。

吉村九助は次助とともに木戸口にとどまり、平田藤助は、鉄砲を手にして番所の下方の藪から異国人を射とめると言って走り、その後を中村理兵衛が追った。が、三人の異国人はその方面には行かず、番所にむけて発砲しながら木戸口に通じる坂道を駈けあがってきた。先頭に立っているのは体格のすぐれた男であった。

九助は身をひそませて銃をかまえ、走ってきた先頭の男に発砲した。四間（七・二メートル）ほどの近距離で、弾丸が命中して男は前のめりに倒れた。

その後から走ってきていた二人の異国人は足をとめ、一人は坂道を駈けもどり、他の一人は井戸のかたわらを驚くほどの速さで逃げ、浜に通じる坂道までくると、大声で叫んだ。それは、総引揚げを指示する言葉らしく、所々から集ってきた異国人たちが番所方向に発砲しながら浜へ逃げ、三艘の小舟に乗りこんだ。そこには、二頭の黒牛がのせられていた。

小舟が浜をはなれたので、松元次助たちは番所前に集った。異国人がかくれていることも予想されたので、しばらくの間周囲を見まわしていたが異常がなく、かれらは鉄砲を手にして倒れている異国人に近づいた。

異国人の体をあらためてみると、弾丸は左胸部に命中し、すでに絶命していた。猩々緋《しょうじょうひ》の色をした上衣に黒羅紗の股引のようなものをはき、頭にはつばの広い籐製の帽子をかぶっていた。手、足、背に刀傷とおもえる古傷があり、手に新しい傷があった。精悍《せいかん》な風貌をした二十八、九の男で、頭取であろうと推定された。……時刻は、七ツ半（午後五時）すぎであった。

かれらは、吉村九助の姿が見えぬのに気づき、手分けをしてあたりをさがした。やがて、九助が番所の裏手に坐っているのを見出した。

九助の顔は青く、眼には落着きをうしなった光がうかんでいた。声をかけたが、答える声はふるえをおび、寒気にでもおそわれているように歯を鳴らしている。鉄砲を使って初めて人を殺したことに、気持が乱れているらしかった。

松元次助のもとに遠見番から、小舟を甲板に引きあげた異国船が、錨をあげて半里ほど沖方向に進み、西方に舳を向けたことがつたえられた。帆柱に数人の者がのぼってこちらの方向を望見しているとも告げてきた。

やがて、船は、夜の色の中にとけこんで見えなくなった。

人々は、異国人の再来襲は必至だと思った。異国人たちは、指揮者を射殺した島の者たちに激しい憤《いきどお》りをいだき、報復を果そうとしているにちがいないと推測された。

島の者たちは、異国人の死体を重荷に感じた。それは、島の者たちにはかりがたいほどの大きな災厄をもたらすかも知れず、男を射殺した吉村九助の行為を恨めしく思う感情もきざしていた。

次助は、防備をかためる必要を感じ、まず、番所木戸口の坂に逆茂木《さかもぎ》を置いて障害物で小路をすべてふさいだ。また、木戸口に三尺（〇・九メートル）余の高さの土手を築き、銃眼をうがった。

村人たちは、夜の間に村落へもどってきていたので、番所では炊出しをしてかれらの動揺をふせいだ。

翌十日早朝、島の四方を望見したが異国船はみえず安堵したが、五ツ（午前八時）頃、船が南方洋上に姿をあらわし、島に近づいてきている旨の報告があった。

村落は大混乱におちいり、秩序立った避難をさせようとした村役人の制止もきかず、山々に逃げ散った。

松元次助たちは、丘の頂きに駈けのぼった。異国船は、風も弱いので速度もゆるやかであったが、七ツ（午後四時）頃には島から五里（二〇キロ）ほどの距離に近づき、さらに日没時には二里の位置までせまり、夜の闇に見えなくなった。

番所では、異国人たちが夜間に上陸する公算も大きいと判断し、島の東西南北に遠見の者を派し、次助たちは番所につめて夜襲にそなえた。

次助たちが最も危惧したのは、異国人が山に放火することであった。島は竹林におおわれていて、火を放たれれば全島が焼きはらわれ、多くの焼死者を生み、たとえ生き残った者がいても激しい飢えにおそわれることは確実だった。

かれらは、一睡もせず朝を迎えた。

異国船は夜の間に島から遠くはなれたらしく見えなかったが、五ツ頃、南の沖に帆影がみえた。船は、風を得て島に舳を向け、八ツ（午後二時）頃には島の東方七里（二八キロ）ほどの位置まで近づいたが、やがて、南に舳を向けると次第に遠ざかっていった。そして、日没近くになった頃には、帆影も水平線に没した。

番所では、遠見番を要所要所に配置して監視させたが、翌日も翌々日も船影をみず、ようやく異国船が退去したらしいと判断した。

松元次助は、被害の模様を調査した。難にあったのは牛だけで、射殺され肉を持ち去られた牛一頭、小舟で運ばれた牛二頭の計三頭で、いずれも牝牛《め》であった。それ以外に、弾丸を射こまれた牡《お》牛一頭があって、その部分が化膿して腫れていたが、後に恢復した。

異国人の遺体は公儀の吟味をうけなければならないので、次助は、塩漬けにすることを命じた。遺体は土中に埋めてあったが、掘り起して、口と肛門から竹筒をさしこみ、それを通して塩を体内に押しこんだ。そして、大きな樽に遺骸をおさめ、樽の中に多量の塩を隙間なくつめて蓋《ふた》をした。

異国船の来航と狼藉の始末は、大島につたえられ、さらに薩摩藩に急報された。藩では、遺骸引取のため物頭島津権五郎に命じ、手当の人数一組をしたがえさせて宝島へおもむかせた。それと同時に、領主島津豊後守斉興の家老が長崎奉行土方出雲守に注進、また、江戸にいた豊後守にも急報し、八月十一日に江戸で老中にその旨がつたえられた。事件からちょうど一カ月が経過していた。

塩漬けにされた遺骸は鹿児島に着くと、厳重な警護のもとに陸路を長崎へ送られた。長崎奉行所では、同行してきた吉村九助から事情を聴取して遺骸をあらため、それを西坂に埋葬し、九助には異国人の所持していた鉄砲一挺をあたえた。

宝島での異国船の狼藉は異国船の乗員が牛肉を口にしたいという欲望から発したものだが、その事件によって幕府は外国からの侵略の危険を強く意識し、翌文政八年（一八二五）二月、異国船打払令を発した。

あとがき

岩手県の三陸海岸にある田野畑村に初めて行ったのは二十六年前で、その後、しばしば足をむけている。海岸は類をみない断崖美で、村は漁業と酪農で成り立っている。

私が「幕府軍艦『回天』始末」を書くきっかけになったのは、明治二年に榎本武揚を総裁とする幕府艦隊の一艦である「高雄」が、村の磯に坐礁した事実を知ったからである。

村の近くにある宮古市の湾内で「回天」が新政府軍の艦隊を奇襲した、いわば宮古湾海戦と「高雄」の坐礁は密接な関連があり、私は、宮古市在住の史家花坂蔵之助氏を訪れ、氏の紹介で小島俊一氏も識《し》った。また、「高雄」乗組みの者がのがれて滞在した普代村の史家金子功氏の家も訪れた。

つまり、私の調査は宮古湾海戦の資料収集からはじまったのである。

新政府軍と榎本軍の最大の戦闘は、むろん箱館を中心とした地で、私は函館市に行き、戦歴地を歩いて資料収集につとめた。また、榎本軍が箱館その他を占領していた期間、津軽藩から密偵が多数箱館方面に潜入していた事実があるので、藩の記録にも目を通した。

榎本軍にはフランス軍人が参加していて、これについては外務省外交史料館、東京大学史料編纂所、国立公文書館におもむき、資料を得た。

半月前、函館市を訪れ、榎本軍の戦死者を合葬して建立した碧血碑の前に立ったが、眼下に見下す市街と海に、あらためてこの地で激しい戦いがくりひろげられたのを実感として感じた。

「牛」は、「通航一覧」その他の資料をもとに書いた小説である。

江戸時代末期に異国船の出没がしきりで、それらの記録は数多く残されているが、外国の捕鯨船員と警備の日本人との間で小規模ながら戦闘がおこなわれた例は稀なので、この事件に興味をひかれ、執筆したのである。

宝島でのこの戦闘は幕府をはじめ諸藩に大きな衝撃をあたえ、水戸藩で尊皇攘夷論がおこる要因の一つともなり、それが倒幕へもつながっていったことを思うと、歴史的に重要な出来事であったと言える。

一九九〇年一〇月

吉村 昭

「幕府軍艦『回天』始末」参考文献

「箱館海戦史話」竹内運平著（みやま書房）
「弘前藩記事一・二」坂本寿夫編（北方新社）
「薩藩海軍史」公爵島津家編纂所編（原書房）
「鍬ケ崎湊の明治維新」「宮古通鍬ケ崎浦渡来船吟味応接役日誌」花坂蔵之助編
「宮古海戦秘聞」小島俊一著
「宮古海戦余話」大沢雄三郎記
「箱館探索書」
「Une Aventure au Japon」Eugène Collache
「田野畑村史」田野畑村役場刊
「普代村史」普代村役場刊
「北海道史人名字彙」河野常吉編（北海道出版企画センター）ほか

解説　事実主義の面白さ

森　史朗

1

作家吉村昭には、二つの大きな転機があった。

その一は、純文学作家でありながら記録小説「戦艦武蔵」に挑戦し、評判作となり、一躍ベストセラー作家の仲間入りしたこと。

第二は、文芸作「星への旅」により太宰治賞を受賞し、文壇での確固たる位置を築いたことである。

舞台となったのは、岩手県の三陸海岸にある田野畑村「鵜《う》の巣《す》断崖」で、昭和四十年（一九六五年）秋のことだ。当時、田野畑村といえばまだ未開発の僻地ともいうべき小さな漁村で、到着するまで東京から二日かかった。

文学修業中の吉村昭は、四度の芥川賞候補に選ばれながら受賞を逸し、次回作のテーマについて模索中の低迷期にあった。何らかの啓示があったものか、ふと思い立って三陸海岸への取材旅行に出たのだ。

これが転機となった。「鵜の巣断崖」への旅は二度目で、会社勤務時代、知人から「一度見てほしい」と依頼されたのが四年前。その折の強烈な印象が蘇り、大きなテーマとして浮上してきたのだ。

「鵜の巣断崖」は海岸に面した二〇〇メートルほどの落差のある崖で、途中でウミウの巣があることでその名が付いたものだが、恐ろしいほどの切り立った断崖である。

現在では自殺防止用の柵などが設けられているが、当時は何もなく、いきなり直下の荒波が見下ろせる急坂であった。

昭和十二年、「死のう！」「死のう！」と叫び声をあげながら集団割腹自殺を図る宗教団体が社会的大騒動となったが、その団体を少年、少女におき換え、社会的不安のうちに集団行動に投身する不条理として描けないか、が発端となった。

それが作品「星への旅」の結晶となり、太宰治賞の受賞に到ったのである。

このときより、吉村昭と田野畑村の機縁がはじまった。

村の開発が進み海沿いのホテルが誕生し、ワインバー付きレストランまで開設された利便性にもよるが、「何よりも美しい海と新鮮な魚介類、農作物。そして人情の良い地で、知人も多くふえた」と、吉村さんは語っている。

と同時に、作家の眼はこの東北の一漁村の歴史的価値に気づいていた。

村誌の記述によると、明治二十九年（一八九六年）、昭和八年、同三十五年に三陸海岸に大津波が襲来し、下閉伊《へい》郡田野畑村は貞観《じょうがん》、慶長《けいちょう》に匹敵する大地震災害を体験した。同村の古老たちの証言を集め、徹底した資料蒐集により、早くも昭和四十五年、「海の壁――三陸沿岸大津波」〔のちに「三陸海岸大津波」と改題（中公文庫／文春文庫）〕を執筆、完成した。東日本大震災の発生する四一年前のことである。

平成二年（一九九〇年）、吉村さんに名誉村民賞が贈呈されることになり、私は担当編集者たち一同と共に吉村昭・夫人の作家津村節子両氏への同行が許されることになった。

新築成った海べりのホテル羅賀荘のロビーで、私は吉村さんと二人、遠い海を眺めていた。当時、維新史に興味を抱いていた私はふと気づいて、

「吉村さん、あの沖を榎本艦隊が函館をめざして北上していたんですね」

と語りかけると、

「そう……」

とうなずきながら、吉村さんはふくみ笑いをしていた。君も、ようやくこの村の歴史

の深さに気づいたか、という思いだったろう。

「桜田門外ノ変」の執筆中だった吉村さんはすでに幕末期の諸作品が視野にあり、「幕府軍艦『回天』始末」も予定稿に入っていたのだ。

2

榎本武揚ひきいる幕府海軍は慶応四年（明治元年）八月、旗艦「開陽」を中心に「回天」「蟠龍」「千代田形」の軍艦四隻、輸送船四隻とともに品川沖を脱出。蝦夷地、現在の北海道をめざして北上した。

途中、暴風雨に遭遇して二隻を失い、榎本艦隊は松島湾をへて宮古湾に寄港。さらに北上して蝦夷地に入り、箱館を占領した。ここで入港してきた秋田藩の軍艦「高雄」を拿捕《だほ》し、艦隊に加えた。

榎本は海軍副総裁。箱館での新政権樹立を宣言したが、新政府軍艦隊へは旗艦「開陽」の強大な砲戦能力を頼りにしていた。

榎本軍は蝦夷地を所領とする松前藩兵を駆逐したが、その戦闘中、暴風雨により旗艦「開陽」を江差湾で失い、強力な海軍力の後ろ楯を無くした。榎本艦隊は、劣勢に立たされたのである。

一方、新政府軍は「甲鉄」「春日」「丁卯」「陽春」の軍艦四隻、輸送船四隻で宮古湾入りし、箱館政権打倒をめざした。旗艦「甲鉄」は当時唯一の装甲艦で、アメリカの南北戦争終了と同時に係留中のものを幕府が買い上げ、紆余曲折のあげく新政府が接収したもの。

宮古湾は盛岡藩宮古村（現・岩手県宮古市）にあり、情報を知った榎本軍は「甲鉄」乗っ取りを計画した。海上戦力で劣勢な榎本艦隊側は「斬込隊」で奇襲する計画である。榎本軍には、新戦力が加勢していた。艦隊が北上するさい、奥羽戦争に加わった旧幕臣たち、新選組局長近藤勇と別れ、宇都宮城の奪取、会津戦争を転戦した副長土方歳三、および新選組隊士らで、榎本艦隊の乗員は二八〇〇人にふくれ上がっていた。その中から、練達の剣士を選抜するのである。

明治二年（一八六九年）三月二十一日、幕府軍艦「回天」「蟠龍」「高雄」三艦が宮古湾奇襲に箱館から出撃したが、途中の荒天で「蟠龍」を見失い、「高雄」が故障。「回天」単艦で突入に向かった。「回天」指揮官は、旧幕府海軍奉行荒井郁之助。艦長甲賀源吾。陸軍奉行並土方歳三。兵力約二五〇名。

これが「宮古湾海戦」のはじまりである。

同月二十五日、作戦は失敗におわり、「回天」は帰途に「蟠龍」を収容し、箱館にもどるのだが、一般史書では土方歳三と新選組斬込隊の活躍を主に記されるが、吉村史劇では新選組の隊士たちに、派手な舞台をあたえることはない。むしろ史実を忠実に、甲賀艦長と「回天」の旧幕兵、攻められる側の「甲鉄」はじめ四艦の防戦、反撃などを詳細に、的確に描いている。

この徹底した事実主義に基づき、海戦の実相を、眼前に見るような醍醐味がある。存分に、本文を楽しまれたい。

さらに、この海戦での新事実発掘はつづく。海戦の途中で機関故障した「高雄」は追跡してきた新政府軍艦に捕捉され、やむなく田野畑村の羅賀の岩礁に乗り上げ、同艦の乗員たちは山林に逃れた。

その地が、私と吉村さんが話し合った羅賀の海辺にある石浜という磯であった。郷土史家からその事実を教えられた吉村さんはさっそく田野畑村を再訪し、「高雄」乗員たちが隣村の普代村に入り、ここで新政府軍に降伏したいきさつを取材した。

投降したのは軍艦役小笠原賢三、艦長古川節蔵以下九六名。石浜に乗り上げた「高雄」に砲撃を浴びせたのは軍艦「春日」で、左舷一番砲の指揮官に二十三歳の東郷平八郎（のちの日本海海戦の司令長官）の名がある。

「宮古湾海戦」の主役はあくまでも軍艦「回天」の活躍だが、新政府軍艦に追尾され座礁した「高雄」にも海戦の真実がある、と徹底取材したいきさつは、吉村昭著のエッセイ集『史実を追う旅』（文春文庫）に詳しい。また、投降した乗員に仏軍人コラッシュがいて、日本女性を連れていたとの情報があり、その追跡調査も興味深いものがある。

事実主義でいえば、本書では見逃しがたい個所がある。榎本艦隊が品川沖より北上し、宮古湾の鍬《くわ》ヶ崎《さき》に上陸した折のことだ。鍬ヶ崎は遊女の町で名高く、同じ北上組の新政府軍艦の乗員たちも海戦直前の刹那主義か、若い情熱の迸《ほとばし》りのせいか、両軍の乗員たちはこれら遊女屋に入りびたりとなった。榎本艦隊も新政府軍も、女色に狂ったのである。

のちに投降した旧幕兵たちは各藩預けとなり、帰国したが、「それらの地では性病が蔓延した」と本書の最後にさりげなく書きこまれている。これこそ歴史の真実そのものであり、吉村昭―事実主義の真髄であろう。

（作家）

初出掲載誌
「幕府軍艦『回天』始末」別册文藝春秋191号　一九九〇年
「牛」中央公論　一九七六年七月号

単行本
一九九〇年十二月　文藝春秋刊

本書は一九九三年十二月に刊行された文春文庫の新装版です。

DTP制作　エヴリ・シンク

文春文庫

幕府《ばくふ》軍艦《ぐんかん》「回天《かいてん》」始末《しまつ》

定価はカバーに
表示してあります

2022年3月10日　新装版第1刷

著　者　吉《よし》村《むら》　昭《あきら》

発行者　花田朋子
発行所　株式会社　文藝春秋

東京都千代田区紀尾井町3-23　〒102-8008
TEL　03・3265・1211㈹
文藝春秋ホームページ　http://www.bunshun.co.jp

落丁、乱丁本は、お手数ですが小社製作部宛お送り下さい。送料小社負担でお取替致します。

印刷製本・凸版印刷

Printed in Japan
ISBN978-4-16-791846-0

文春文庫　最新刊

悪の包囲　ラストライン5　堂場瞬一
警察内での宿敵・福沢が殺された。岩倉は容疑者扱いに

オランダ宿の娘　葉室麟
蘭学と恋。青春群像として描かれた「シーボルト事件」

119　長岡弘樹
消防士たちの心理劇を描く、短篇の名手が贈る9つの物語

菊花の仇討ち　梶よう子
朝顔同心・中根はおみねから友を探してほしいとお願いされ

竜虎攻防　八丁堀「鬼彦組」激闘篇　鳥羽亮
武士含む五人組が呉服屋を襲撃。鬼彦組が下手人を追う

オールドレンズの神のもとで　堀江敏幸
物語が生まれる瞬間の光を閉じ込めたような、18の短篇

里奈の物語　疾走の先に　鈴木大介
施設を飛び出した里奈は、援デリ業者のトップとなり…

幕府軍艦「回天」始末〈新装版〉　吉村昭
碇泊する新政府軍の艦隊を旧幕府軍の軍艦「回天」が襲う

いわしバターを自分で　平松洋子　下田昌克画
緊急事態!? 食べる喜びの真価とは。人気エッセイ最新刊

Black Box　伊藤詩織
社会にはびこる性暴力被害者への偏見。著者の魂の記録

反日種族主義　日韓危機の根源　李栄薫編著
憂国の研究者たちが韓国に蔓延する「嘘の歴史」を検証

ストーカーとの七〇〇日戦争　内澤旬子
SNSで攻撃されて、警察に相談したが直面したのは…

よちよち文藝部　久世番子
日本・世界の文豪と名作を知ったかぶれる爆笑コミック

大谷翔平　野球翔年Ⅰ　日本編2013-2018　石田雄太
「二刀流」の原点となった5年間を、本人の肉声で辿る

レオナルド・ダ・ヴィンチ　上・下　ウォルター・アイザックソン　土方奈美訳
「モナリザ」の微笑を生んだ科学と芸術を結ぶ天才の生涯